書下ろし

岡惚《おかぼ》れ

素浪人稼業⑩

藤井邦夫

祥伝社文庫

目次

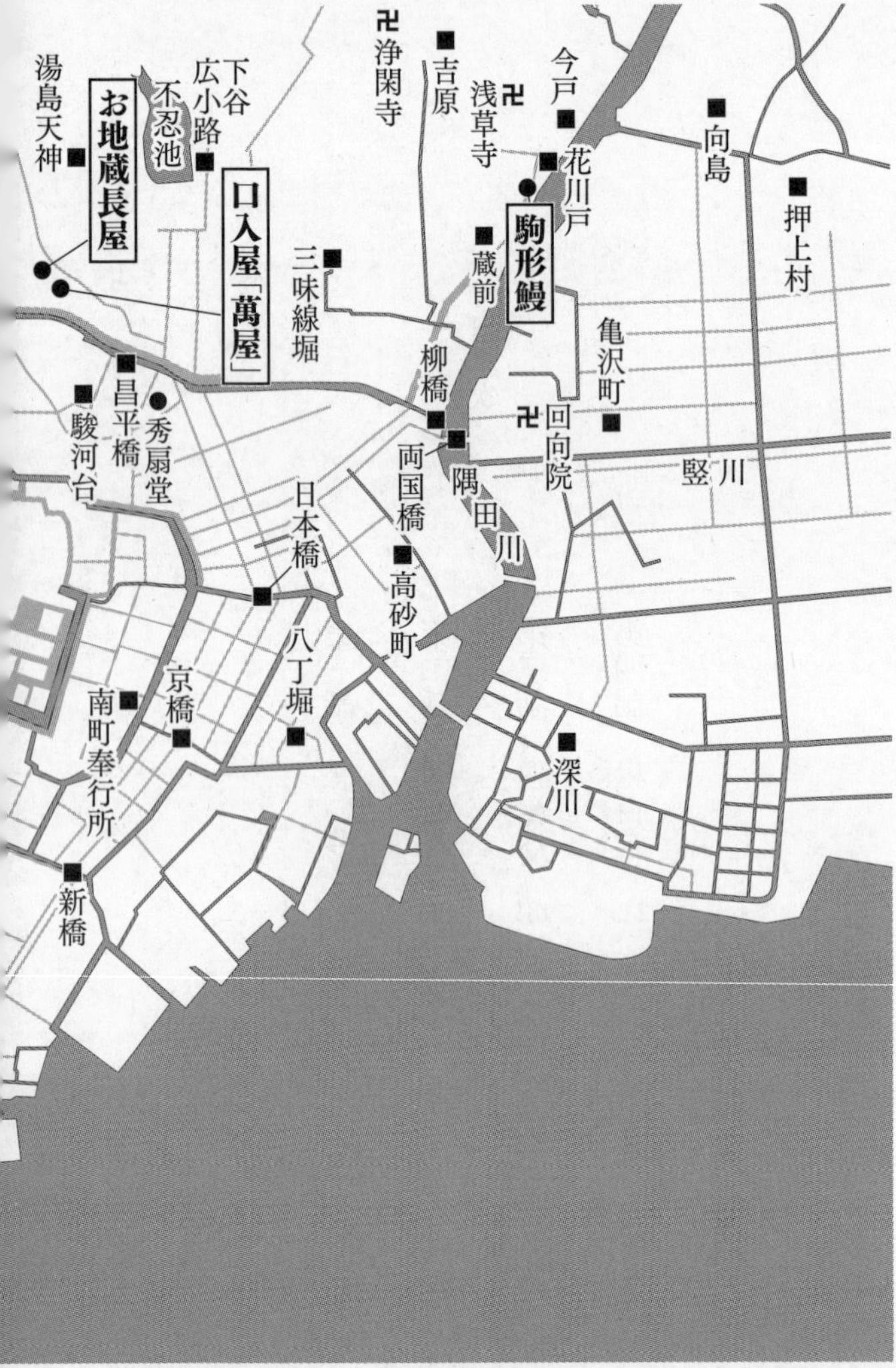
湯島天神
お地蔵長屋
不忍池
下谷広小路
口入屋「萬屋」
浄閑寺
吉原
浅草寺
今戸
花川戸
駒形鰻
向島
押上村
三味線堀
蔵前
亀沢町
柳橋
回向院
昌平橋
駿河台
秀扇堂
両国橋
隅田川
竪川
日本橋
高砂町
八丁堀
京橋
南町奉行所
深川
新橋

「岡惚れ　素浪人稼業」の舞台

第一話　悪い夢

一

真っ向から斬り下げられた刀は、閃光《せんこう》となって迫った。

斬られる……。

矢吹平八郎《やぶきへいはちろう》は跳《は》ね起きた。

眼の前には、夜明け前の薄暗《うすぐら》さと静けさが広がっていた。

「夢か……」

平八郎は、吐息混じりに呟《つぶや》いて胸元の汗を拭《ぬぐ》った。

あのままでは斬られていた……。

平八郎は、悪い夢の続きを考えた。

刀を真っ向から斬り下げたのは誰だ……。

平八郎は、刀を斬り下げた者の顔を思い出そうとした。だが、顔を思い出す事は出来なかった。

誰なんだ……。

平八郎は気になった。

「よし。もう一度寝て夢の続きを見るか……」
平八郎は、そう決めて蒲団《ふとん》を被《かぶ》った。
夜が明け、狭い家の中には仄《ほの》かな明るさが忍び込んで来た。
夢の続きを見られる筈《はず》はなかった。
平八郎は、井戸端《いどばた》で水を被り、顔を洗って歯を磨《みが》いた。
二度寝で夢は見なかった。
結局、夢の中で平八郎を真っ向から斬り下げた者が誰かは分からなかった。
二度寝をした平八郎が、眼を覚《さ》ましたのは巳《み》の刻四つ（午前十時）だった。
平八郎は、既《すで》におかみさんたちの洗濯《せんたく》の時が終わった井戸端で水を被り、家に戻った。
腹が減った……。
平八郎は、巾着《きんちゃく》を覗《のぞ》いた。
巾着の中には、僅《わず》かな文銭が入っているだけだった。
腹の虫は鳴き続けた。
残り飯もなければ、米もない。

とにかく金を稼《かせ》がなければならない……。

平八郎は、水を飲んで家を出た。

古い地蔵尊の頭は光り輝いていた。

平八郎は、今日一日の無事を願って手を合わせ、光り輝いている地蔵尊の頭を撫《な》でてお地蔵長屋の木戸を出た。

神田川《かんだがわ》に架《か》かる昌平橋《しょうへいばし》と不忍池《しのばずのいけ》を結んでいる明神《みょうじん》下の通りは、多くの人が行き交《か》っていた。

さあてどうする……。

平八郎は、明神下の通りの端に佇《たたず》んだ。

今更《いまさら》、万吉《まんきち》の口入屋《くちいれや》に行った処《ところ》で割の良い仕事が残っている筈はない。

馴染《なじみ》の神田明神門前の居酒屋『花《はな》や』に行き、貞吉《さだきち》とおりんに頼み、付けで昨夜の残り物か何かを食べさせて貰《もら》うしかない。

それしかないか……。

平八郎は吐息を洩《も》らし、明神下の通りを神田明神門前に向かった。

神田明神門前の居酒屋『花や』は、おりんが忙しく店の表を掃除《そうじ》していた。

平八郎は、おりんに声を掛けようとした。だが、その時、居酒屋『花や』の斜向《はすむ》かいの家の路地に潜《ひそ》み、おりんを見詰めている着流しの中年浪人に気付いた。

中年浪人は、中肉中背のこれと云《い》って目立つ処のない男だった。

何者だ……。

平八郎は戸惑《とまど》った。

中年浪人は、店の表を掃除するおりんを思い詰めた面持《おもも》ちで見詰めている。

平八郎は、路地に入って居酒屋『花や』の裏手に急いだ。そして、居酒屋『花や』の裏口から板場に入った。

板場には、おりんの父親で板前の貞吉はいなかった。

おそらく買出しに行っているのだ。

平八郎は、板場を通り抜けて店に進んだ。

掃除をしているおりんが、開け放たれた腰高障子《こしだかしょうじ》の外に見えた。

平八郎は店内の暗がりに入り、斜向かいの家の路地から見詰めている中年浪人を見定めた。

「おりん……」

平八郎は、店の表を掃除しているおりんを小声で呼んだ。

おりんは、怪訝《けげん》に店の中を見た。

平八郎は、店内の暗がりから出て己の姿を見せた。

「あら……」

おりんは、訝《いぶか》しげな面持ちで店内に入ってきた。

「やあ……」

「どうしたの……」

おりんは戸惑った。

「おりん、斜向かいの家の路地から中年の浪人がお前を見ている」

「えっ……」

おりんは振り返った。そして、斜向かいの家の路地から居酒屋『花や』を見詰めている中年浪人に気付いた。

「あら……」

おりんは、戸惑いを浮かべた。

「知っている男か……」

平八郎は尋《たず》ねた。

「いいえ……」

おりんは首を捻《ひね》った。

「店の客ではないのか……」

「見覚えがありませんよ」

おりんは眉《まゆ》をひそめた。

「おりんが知らないなら、親父《おやじ》さんに用でもあるのかな……」

「さあ、どうかしら……」

「そうか……」

平八郎の腹が鳴った。

「あら、ま……」

おりんは苦笑した。

「う、うん。起きたばかりでな。朝飯を食いに来たんだ」

「そうでしたか……」

中年浪人が、斜向かいの家の路地を出て明神下の通りに向かった。

「よし。何処《どこ》の誰か突き止めてくれる……」

平八郎は、居酒屋『花や』を出ようとした。

「ちょいと待って、平八郎さん……」

おりんは板場に入り、手早く大きな塩結びを握《にぎ》って平八郎に差し出した。

「はい……」

「ありがたい……」

平八郎は、大きな塩結びを嬉《うれ》しげに受け取り、居酒屋『花や』を足早に出て行った。

おりんは、心配そうに見送った。

大きな塩結びは美味《うま》かった。

平八郎は、大きな塩結びを食べながら中年の浪人を追った。

中年浪人は、明神下の通りを不忍池に向かった。その足取りは落ち着いており、尾行を警戒《けいかい》する様子は窺《うかが》えなかった。

俺の尾行に気付いていない……。

平八郎は追った。

不忍池の水面は陽差しに煌《きら》めいていた。

中年浪人は、不忍池の畔《ほとり》に佇んで煌めく水面を眺《なが》めた。

平八郎は見守った。

中年浪人は、淋《さび》しげな面持ちで深々と溜息《ためいき》を洩らした。

何処の何者なのだ……。

平八郎は、中年浪人の素性《すじょう》を突き止めようと考えた。

大きな塩結び一個が報酬《ほうしゅう》の仕事……。

平八郎は苦笑し、中年浪人を見守った。

やがて、中年浪人は畔の小道を茅町《かやちょう》二丁目に向かった。

平八郎は、慎重に尾行した。

中年浪人は、茅町二丁目の奥の辻を北西に曲がった。そして、加賀《かが》国金沢《かなざわ》藩江戸上屋敷と常陸《ひたち》国水戸《みと》藩の江戸下屋敷の裏にある笙仙寺《しょうせんじ》の山門を潜った。

平八郎は、山門に寄って中年浪人の動きを見守った。

中年浪人は、笙仙寺の境内《けいだい》を横切って本堂の裏手に入って行った。

平八郎は追った。そして、本堂の陰に走り、裏手を窺った。

裏手に中年浪人の姿はなく、小さな家作《かさく》があった。

中年浪人は、小さな家作を借りて住んでいるのだ。

平八郎は睨《にら》んだ。

笙仙寺の庫裏《くり》は、本堂の横手にあった。

平八郎は、庫裏の腰高障子を叩いた。

庫裏から嗄《しわが》れ声の返事がし、年老いた寺男が腰高障子を開けて顔を出した。

「やあ……」

平八郎は、親しげに笑い掛けた。

「どちらさまですか……」

老寺男は、平八郎に怪訝な眼差《まなざ》しを向けた。

「うん。ちょいと訊《き》きたい事があってな。こちらの家作に住んでいるのは、高村源吾《たかむらげんご》と申される方だな……」

平八郎は、知り合いの南町《みなみまち》奉行所定町廻《じょうまちまわ》り同心の名を使った。

「いいえ。違いますが……」

老寺男は、白髪眉《しらが》をひそめた。

「違う……」

平八郎は、戸惑ってみせた。

「ええ。うちの家作には、高村さまどころか誰も住んじゃあいませんよ」

「誰も住んでいない……」

平八郎は驚いた。

驚きは本物だった。

「ええ。空き家ですよ」

老寺男は、平八郎を胡散臭《うさんくさ》げに見詰めた。

「本当に空き家なのか……」

「はい」

「だが今し方、中年の浪人が本堂の裏の家作に……」

しまった……。

平八郎は、猛然と本堂裏の家作に走った。

「お侍さん……」

老寺男は、平八郎を追った。

小さな家作は、本堂の影に覆《おお》われてひっそりとしていた。

平八郎は、家作の戸口を開けようとした。

戸口は釘《くぎ》を打ち付けられており、開くことはなかった。
平八郎は家作を窺った。
雨戸も窓もしっかりと閉められており、家作の中に人の気配は感じられなかった。
平八郎は、家作の周囲を見廻した。
手入れのされていない裏庭の茂《しげ》みの奥に土塀があり、裏門があった。
平八郎は裏門に走り、土塀の外を覗いた。
土塀沿いに細い道があり、人影はなかった。
籠脱《かごぬ》けされた……。
平八郎は臍《ほぞ》を噬《か》んだ。
中年浪人は、平八郎の尾行に気が付き、笙仙寺の家作を利用して籠脱けをしたのだ。
おのれ……。
平八郎は、まんまと出し抜かれた己に苛立《いらだ》たずにはいられなかった。
「お侍さん……」
老寺男が、恐る恐る声を掛けて来た。
「父《と》っつあん。以前、この家作に中肉中背の中年の浪人は住んではいなかったか

「……」

平八郎は、中年浪人が笙仙寺の家作を利用した処から、詳しく知っている者と睨んだ。

「は、はい。二ヶ月ほど前には……」

平八郎の睨みは当たった。

「何て名だ……」

平八郎は畳《たた》み掛けた。

「む、村岡庄兵衛《むらおかしょうべえ》さんです……」

老寺男は、平八郎に押されるように告《つ》げた。

「村岡庄兵衛……」

中年浪人は、二ヶ月前迄《まで》家作に住んでいた村岡庄兵衛なのだ。

平八郎は知った。

「はい……」

「その村岡庄兵衛、今、何処に住んでいるのか、分かるか……」

平八郎は、老寺男に迫った。

「し、知りませんよ」

老寺男は怯《おび》え、慌てて否定した。

「分からぬか……」

平八郎は、撒《ま》かれて苛立つ己に気付いて少なからず恥じた。

何《い》れにしろ、村岡庄兵衛が平八郎の尾行を見破り、姿を消した。そこには、素性が知れては困ることがあるからなのだ。

只《ただ》の浪人ではないのかもしれない……。

平八郎は睨んだ。

「村岡庄兵衛、此処《ここ》で暮らしていた時は、どのような仕事をしていたんだ」

「さあ。口入屋に出入りしていたようですが、良く分かりません……」

老寺男は首を捻った。

「そうか……」

平八郎は、諦《あきら》めるしかなかった。

笙仙寺の裏庭の茂みは、微風に揺れて小さく騒《ざわ》めいた。

「浪人の村岡庄兵衛……」

おりんは眉をひそめた。

「うむ。二ヶ月前迄、茅町二丁目を入った金沢藩江戸上屋敷の裏にある笙仙寺って寺の家作に住んでいたのだが、知っているか……」

平八郎は尋ねた。

「いいえ……」

おりんは、首を横に振った。

「そうか。親父さんはどうだ」

平八郎は、買出しから戻っていた貞吉に尋ねた。

「あっしも知らないが。おりん、お前、本当に心当たりないんだろうな」

貞吉は、娘のおりんに厳しい眼を向けて念を押した。

「心当たりもなにも、ありませんよ」

おりんは、腹立たしげに云い切った。

「で、平八郎さん、その村岡庄兵衛、どんな浪人なんですかい……」

貞吉は、心配を露《あら》わにした。

「どんなと云っても、中肉中背で何処と云って目立つ処もない。見た目は物静かな感じの浪人だ……」

「そうですか……」

貞吉には、やはり心当たりがないようだった。

「うん。ま、おりんに岡惚《おかぼ》れしている奴かもしれないな」

「岡惚れ……」

おりんは、素《す》っ頓狂《とんきよう》な声をあげた。

「ああ。おりんを見掛けて惚れ、声も掛けられずに密《ひそ》かに慕《した》っている……」

「いますかね。そんな物好き……」

貞吉は、鼻先で笑った。

「お父っつあん……」

おりんは、頰《ほお》を膨《ふく》らませた。

「まあ。広い世間に人それぞれだ。物好きがいないこともないだろう」

平八郎は笑った。

「もう、平八郎さん迄……」

おりんは怒り、板場に入って行った。

「冗談《じようだん》だ、おりん。冗談だよ」

平八郎は、板場のおりんに笑いながら声を掛けた。

「平八郎さん……」

貞吉が、平八郎を真顔で見詰めた。

「うん……」

平八郎は頷《うなず》いた。

「本当の処、どうなんですかい……」

貞吉は眉をひそめた。

「おそらく、只の浪人じゃあない……」

平八郎は、厳しさを過《よぎ》らせた。

「そうですか。で、平八郎さん、今、どんな仕事をしてんですかい……」

「そいつが、溢《あぶ》れていてな」

平八郎は、吐息混じりに告げた。

「だったら、一日五十文、二食付きで徳利《とっくり》が一本でどうだい」

貞吉は、平八郎を見詰めた。

「えっ……」

平八郎は戸惑った。

「暫《しばら》くうちで働かないか……」

貞吉は、娘おりんの身を心配していた。

一日五十文の日当は勿論《もちろん》、二食付きで徳利が一本は魅力的な条件だ。

「用心棒か……」

「ああ。どうだい……」

「ありがたい。宜《よろ》しく頼む」

平八郎は、雇《やと》い主の貞吉に頭を下げた。

「よし。決まった。じゃあ、こいつをしな」

貞吉は、平八郎に前掛を渡した。

「うん」

平八郎は腰から大小を外し、前掛を締めて片襷《かただすき》を掛けた。

「さあて、何をすればいい」

平八郎は張り切った。

「先《ま》ずは、店の周りに妙な野郎がいないか見定めちゃあ貰えませんか……」

「心得た。任せてくれ」

平八郎は胸を叩いた。

「あら、何してんですか……」

板場から出て来たおりんが、平八郎の姿に戸惑った。

「う、うん……」

貞吉は、言葉を濁《にご》して板場に戻って行った。

「お父っつあん……」

おりんは、貞吉を怪訝に見送った。

「おりん、親父さん、お前を心配して俺を用心棒に雇ったんだよ」

平八郎は小さく笑った。

「私を心配して……」

おりんは戸惑った。

「ああ。ようし、外を見てくるか……」

平八郎は、箒《ほうき》を手にして外に出て行った。

東叡山寛永寺《とうえいざんかんえいじ》の鐘《かね》が、申《さる》の刻七つ（午後四時）を響かせた。

貞吉は、野菜の煮染《にしめ》、鯉《こい》の煮付け、浅蜊《あさり》のぶっ掛けなどの総菜を作った。

おりんは、皿や丼を揃《そろ》え、酒を徳利に入れて客を迎える仕度《したく》をした。

平八郎は、店の周りを警戒しながら裏の井戸端で薪《まき》を割った。

「平八郎さん、お父っつあんが腹拵《はらごしら》えをしておきなさいって……」

おりんが裏口から顔を出し、薪を割っていた平八郎に告げた。

「おう……」

平八郎は、割った薪を軒下《のきした》に積み、鉞《まさかり》を片付けて板場に向かった。

居酒屋『花や』は、申の刻七つ半（午後五時）に店を開ける。店を開け、客が訪れ始めたら亥《い》の刻四つ（午後十時）の閉店まで飯を食べる暇《ひま》はない。

貞吉とおりんは、申の刻七つに軽い晩飯を済ませ、亥の刻四つに店を閉めてから夜食を取っていた。

「徳利一本は夜食の時だな……」

平八郎は楽しげに笑い、炊《た》きたての浅蜊を温かい飯に掛けて食べた。

食べ物屋の仕事は、ひもじい思いをしないで済むのが嬉しい……。

平八郎は、貞吉やおりんと共に軽い飯を済ませた。

西日は裏口から差し込み始めた。

二

申の刻七つ。

町は夕暮れに包まれた。

おりんは、戸口の両側に盛り塩をして暖簾《のれん》を出した。

平八郎は、居酒屋『花や』の戸口に佇んで行き交う人々を窺った。

行き交う人々の中に村岡庄兵衛はいない。

平八郎は警戒を続けた。

「邪魔するぜ」

仕事帰りの二人の職人が、威勢良く暖簾を潜《くぐ》って来た。

「おう。いらっしゃい……」

平八郎は迎えた。

「あれ。旦那《だんな》……」

二人の職人は、馴染客仲間の平八郎が片襷で前掛姿なのに戸惑った。

「おう。今日から花やの若い衆に雇われてな。酒か……」

「へ、へい……」

二人の職人は隅《すみ》に座った。

「おりん、酒だ……」

平八郎は、板場に叫《さけ》んだ。

「はい」

板場からおりんの返事がした。

「旦那、奉公人の若い衆が女将《おかみ》さんにおりんはねえぜ」

職人たちは眉をひそめた。

「そうか。そうだな。これはしまった」

平八郎は、僅かに狼狽《うろた》えた。

「でしたら、さっさと酒を取りにいくんだね」

「うん。じゃあ、少々お待ちを……」

平八郎は、板場に向かった。

「少々お待ちをか……」

「大丈夫か。あの若い衆……」

二人の職人は、声をあげて笑った。

「お待たせ。お待たせ……」

平八郎が、板場から湯気を漂《ただよ》わす徳利を持ってやって来た。

「さあ、飲め……」

平八郎は、二人の職人に酒を勧《すす》めた。

「邪魔《じゃま》するぜ」

顔馴染の人足《にんそく》が入って来た。

「おう。来たか。いらっしゃい」

平八郎は、威勢良く迎えた。


客は次々と訪れた。

平八郎は、女将のおりんと忙しく客の応対をした。

訪れる客の中に、浪人の村岡庄兵衛はいなかった。

平八郎は、片付けた皿や丼を板場に運んだ。

「どうだい……」

貞吉は、料理を作る手を止めて店を一瞥《いちべつ》し、平八郎に尋ねた。

「村岡庄兵衛、来ちゃあいない……」

平八郎は、皿や丼を洗った。

「そうか。万一の時は頼むぜ」

貞吉は、心配そうに頼んだ。

「心配するな。確《しか》と心得ている」

平八郎は苦笑した。

貞吉は、恥ずかしそうに料理作りに戻った。


戌《いぬ》の刻五つ（午後八時）が過ぎ、客足は一段落した。

殆《ほとん》どの客は、店を閉める亥の刻四つ迄に帰る。それは、亥の刻四つに町木戸が閉まるからだ。町木戸が閉まると、木戸番に頼んで通して貰わなければならない。そして、朝の早い職人や人足たちには深夜と云えた。

時は過ぎ、居酒屋『花や』の客は疎《まば》らになった。

浪人の村岡庄兵衛は現われなかった。

今夜はもう来ない……。

平八郎は見定めた。

男の悲鳴が、不意に外であがった。

「平八郎さん……」

おりんは、不安げに眉をひそめた。

客たちは、恐ろしげに腰を浮かせた。

「うん。親父さん、裏口の戸締まりをしろ」

平八郎は、板場の貞吉に声を掛けて腰高障子に向かった。

平八郎は、居酒屋『花や』の腰高障子を油断なく開けて辺《あた》りを見廻《みまわ》した。

神田明神門前の盛り場は、既に行き交う人も途絶《とだ》え、飲み屋の明かりが所々に灯《とも》っていた。

盛り場の奥に人影が激しく揺れ、白刃《はくじん》の煌めきが瞬《また》いた。

斬り合いだ……。

平八郎は、眉をひそめて店を出た。

「平八郎さん……」

おりんが、店の中から心配そうに声を掛けて来た。

「斬り合いだ。店で静かにしていろ」

平八郎は、おりんに命じて後ろ手に腰高障子を閉めた。

刃の嚙《か》み合う音と煌めきが交錯《こうさく》した。

平八郎は、夜の闇を透《す》かし見た。

三人の袴《はかま》の男が、着流しの一人に斬り付けている。

三対一の斬り合い……。

平八郎は知った。

着流しの侍は、既に手傷を負《お》っているらしく、よろめきながら斬り合っていた。

助けるか……。

平八郎は、斬り合いに向かおうとした。

呼子笛《よびこぶえ》の音が夜空に甲高《かんだか》く響き、男たちの怒声があがった。

町奉行所の同心らしき武士が、岡っ引たちを率《ひき》いて駆《か》け付けて来た。

平八郎は見守った。

三人の袴の男は、逸早《いちはや》く刀を引いて闇の奥に逃げ去った。

着流しの侍は、その場に崩れ落ちた。

同心は、崩れ落ちた着流しの侍の許《もと》に岡っ引を一人残し、逃げた三人の袴の男たちを追った。

「おい、しっかりしろ……」

一人残った岡っ引は、着流しの侍の介抱《かいほう》を始めた。

もう、出る幕はない……。

平八郎は、居酒屋『花や』に戻った。

「どうなりました……」

おりんと貞吉、客たちが固唾《かたず》を呑《の》んで平八郎を見詰めた。

「うん。同心と岡っ引たちが駆け付けて来てな。斬り合いは終わった」

平八郎は告げた。

「そうですか……」

おりんは、安心したように微笑《ほほえ》んだ。

「女将さん、勘定《かんじょう》を頼む……」

客たちは帰りを急いだ。

「あら、お帰りですか……」

「うん。何だか物騒だからな。明日、又来るぜ……」

客たちは、勘定を払って居酒屋『花や』を後にしていった。

「おりん、店仕舞《みせじま》いだ」

貞吉はおりんに指示し、暖簾を取り込みに向かった。

「親父さん、暖簾なら俺が取り込むぞ」

平八郎は、戸口に向かった。

「そうかい。じゃあおりん、夜食の仕度をするぜ……」

「はい……」

貞吉とおりんは、余った総菜で夜食の仕度を始めた。


平八郎は、暖簾を仕舞いながら辺りを窺った。

辺りに人影はなく、灯されている飲み屋の明かりも減っていた。

変わった事はない……。

平八郎は見定め、外した暖簾を持って居酒屋『花や』に戻った。

斜向かいの路地の暗がりが微《かす》かに揺れた。


平八郎は、貞吉やおりんと夜食を食べて酒を飲んだ。

「それで平八郎さん、今夜はどうする」

貞吉は、酒を飲みながら尋ねた。

「うん。泊まってもいいが、そっち次第《しだい》だ」

平八郎は、手酌で酒を飲んだ。

「よし。じゃあおりん、板場の横に蒲団を敷《し》いてやんな」

居酒屋『花や』は、板場の横に二畳ほどの休息場があった。

貞吉は、平八郎をそこに泊まらせるつもりなのだ。

心配は続いている……。

平八郎は、貞吉の腹の内を読んだ。

「いいんですか、あんな処で……」

おりんは眉をひそめた。

「ああ。誰かが忍び込んで来ても、すぐに気付く。寝ずの番には一番良い……」

平八郎は、笑顔で猪口《ちょこ》に酒を満たした。

「本気なの……」

おりんは、平八郎に咎《とが》めるような眼差しを向けた。

「ああ……」

平八郎は、猪口に満たした酒を飲み干《ほ》した。

「その代わり、朝になったらお地蔵長屋に戻り、昼に戻って来ていいな」

平八郎は、酒に濡《ぬ》れた口元を手の甲で拭った。

「そりゃあもう……」
貞吉は頷いた。
「よし、決まりだ」
平八郎は、残り物の総菜を肴《さかな》に酒を飲んだ。
夜は静かに更《ふ》けていく。
平八郎は、居酒屋『花や』の内外に注意を払いながら夜を過ごした。
夜は何事もなく過ぎ、夜明けを迎《むか》えた。
卯《う》の刻六つ(午前六時)。
貞吉とおりんは起きた。
平八郎は、変わった事がなかったのを告げてお地蔵長屋に戻った。
お地蔵長屋は、仕事に出掛ける亭主と見送るおかみさんたちで賑《にぎ》わっていた。
平八郎は、家の外の賑わいを子守歌にして朝寝をした。
腰高障子を叩く音がした。
平八郎は眼を覚ました。

腰高障子を叩く音は続いていた。

「誰だ……」

「あっしです」

腰高障子の外から長次《ちょうじ》の声がした。

「長次さんか、どうぞ……」

平八郎は起きた。

「おはようございます」

長次が入って来た。

「やあ。あがって下さい……」

平八郎は、蒲団を二つに畳んで狭い部屋の隅に押しやって長次を迎えた。

長次は、岡っ引の駒形《こまがた》の伊佐吉《いさきち》の手先を務《つと》めている老練な男だ。

「昨夜、遅かったんですか……」

「うん。仕事でな……」

「夜の仕事ですかい」

「ああ。一日五十文で二食と徳利が一本付いている」

「そうですか……」

長次は、僅かに落胆した。

「どうかしたのか……」

平八郎は、長次の僅かな落胆を見逃さなかった。

「いえ。昨夜遅く神田明神門前、花やの近くで浪人が斬り殺されましてね」

長次は告げた。

「神田明神門前で……」

平八郎は、昨夜の居酒屋『花や』近くでの斬り合いを思い出した。

「斬られた浪人、着流しですか……」

平八郎は尋ねた。

「御存知ですかい……」

長次は、平八郎を見詰めて頷いた。

「うん。手傷を負いながら三人の袴の者たちと斬り合っていましてね。助けに行こうと思ったんですが、町方の者たちが駆け付けて来たので、仕事に戻りましたよ」

「そうでしたか。で、仕事ってのは……」

「花やの手伝いです」

平八郎は苦笑した。

「貞吉さんかおりんさん、具合でも……」

長次は、貞吉かおりんの病を心配した。

「いや。そうじゃありません。実は……」

平八郎は、居酒屋『花や』に雇われた経緯を話した。

長次は、平八郎の話を聞きながら緊張を滲《にじ》ませた。

「その平八郎さんの尾行を見破った浪人、村岡庄兵衛って云うんですね」

長次は、厳しい面持ちで念を押した。

「ええ。きっと。長次さん、村岡庄兵衛を知っているのですか……」

平八郎は戸惑った。

「いえ。昨夜、斬り殺された浪人、隅に村岡って名を書いた手拭《てぬぐい》を持っていたんですよ」

長次は告げた。

「なに……」

平八郎は驚いた。

「ま、だからって、平八郎さんの云っている村岡庄兵衛かどうかは分かりませんがね」

長次は慎重だった。

「村岡と名を書いた手拭ですか……」

「ええ……」

「で、何故、斬られたかは……」

「そいつが未《ま》だ良く分からない……」

長次は苦笑した。

「そうですか。で、長次さんの用ってのは……」

「そいつなんですが、村岡って浪人、神道無念流《しんとうむねんりゅう》の撃剣館《げきけんかん》に出入りしていたって噂《うわさ》がありましてね……」

「撃剣館に出入りしていた……」

平八郎は眉をひそめた。

「ええ。噂ですがね。それでうちの伊佐吉親分が、平八郎さんに訊《き》いてみろと……」

平八郎は、神田駿河台《するがだい》の神道無念流『撃剣館』の高弟だった。

村岡と云う浪人が、噂通り駿河台の『撃剣館』に出入りをしている者なら、平八郎が知らぬ筈はない。

駒形の伊佐吉はそう睨み、長次を平八郎の許に寄越した。

「ですが長次さん、俺の尾行を見破った村岡庄兵衛なら知りませんよ」

「そうなりますね……」

長次は頷いた。

「長次さん。昨夜、斬り殺された村岡の死体、何処にあります」

「面通しをしてくれますかい……」

「ええ……」

「御案内しますよ」

長次は微笑んだ。

「じゃあ、水を浴びてきます」

平八郎は、下帯一本になり、手拭と房楊枝《ふさようじ》を持って井戸端に向かった。


浪人の死体は、池之端福成寺《いけのはたふくせいじ》の湯灌場《ゆかんば》に安置されていた。

湯灌場者は、死体に掛けられていた筵《むしろ》を取った。

平八郎は、死体に手を合わせて顔を覗き込んだ。

違う……。

死体の浪人は小肥《こぶと》りであり、その顔には無精髭《ぶしょうひげ》が伸びていた。

おりんを見張り、平八郎の尾行を見破った村岡庄兵衛とは違った。

「如何《いかが》ですかい……」

長次は、死体の顔を覗いた。

「俺の知っている村岡庄兵衛とは違います」

平八郎は告げた。

「やっぱりね。で、撃剣館での見覚えは……」

「見たかもしれませんが……」

平八郎は、首を捻りながら死体の両の掌《てのひら》や指を検《あらた》めた。

両の掌と指は、柔《やわ》らかく綺麗《きれい》だった。

「撃剣館の門弟でないどころか、剣術の修行も満足にしちゃあいませんよ」

「ほう。分かりますか……」

「木刀を握り締め、素振りや打ち込みをしていれば、両の掌と指の皮は硬《かた》くなり、こんな風に胼胝《たこ》が出来ます……」

平八郎は、長次に己の両の掌を見せた。

掌の皮は硬く、指の付け根には胼胝が出来ていた。

「成《な》る程《ほど》……」

長次は感心した。

「そいつがなく、柔らかくて綺麗なのは、剣術の修行をしている者ではなく、撃剣館に来たとしても、冷やかしかなんかでしょう」

平八郎は睨んだ。

「そうですか……」

長次は、僅かな手掛かりを失って吐息を洩らした。

福成寺の鐘が鳴った。

午《うま》の刻九つ（正午）だ。

平八郎が、居酒屋『花や』に行く約束の時になった。

「長次さん、俺は花やに行きます」

平八郎は焦《あせ》った。

「平八郎さん、おりんさんを見張っていた村岡庄兵衛、茅町二丁目の笙仙寺の家作で暮らしていたんですね」

「ええ。二ケ月前迄……」

「この仏さんと拘《かか》わりがあるかもしれません。村岡庄兵衛、ちょいと追ってみますよ」

長次は笑った。

「そいつはありがたい。お願いします……」

平八郎は長次と別れ、神田明神門前の居酒屋『花や』に走った。

居酒屋『花や』は腰高障子を閉め、表の掃除もされていなかった。

平八郎は、居酒屋『花や』の周囲を油断なく窺った。

斜向かいの路地を始めとした周囲には、村岡庄兵衛は勿論、不審な者はいなかった。

平八郎は、居酒屋『花や』の裏に廻った。

貞吉とおりんが、井戸端で野菜を洗っていた。

「遅くなって済まん……」

平八郎は詫《わ》びた。

「午の刻はとっくに過ぎてるぜ」

貞吉は、平八郎を厳しく一瞥した。

「何かあったの……」

おりんは、貞吉を遮《さえぎ》るように平八郎に尋ねた。

「うん。長次さんが来てな。昨夜、表で斬られた浪人、村岡って名前らしいと……」

平八郎は、おりんに感謝し、貞吉が興味を向けるように話した。

「なんだって……」

貞吉は驚いた。

「じゃあ、昨夜、表で斬り合いをしていたのは、村岡庄兵衛だったの……」

おりんは戸惑った。

「俺もそう思い、斬り殺された村岡の顔を見に湯灌場に行ったんだ。そうしたら村岡庄兵衛とは別人だった」

平八郎は教えた。

「別人……」

貞吉とおりんは困惑した。

「ああ。ま、それで遅くなっちまったんだが、こっちに変わった事はなかったか……」

「ええ……」

おりんは頷いた。

「そうか。よし、今日も油断なく働くぞ」

「ああ。宜しく頼むぜ」

貞吉は、洗った野菜を笊《ざる》に入れて板場に戻って行った。

「平八郎さん……」

おりんは、不安を過らせた。

「安心しろ、おりん。村岡庄兵衛の事は長次さんが調べてくれる」

「そうですか……」

おりんは、微笑んで頷いた。

「よし。じゃあ、表の掃除をするぞ……」

平八郎は、張り切って板場に入って行った。


平八郎は、前掛に片襷をして居酒屋『花や』の店先の掃除を始めた。

おりんは店内の掃除と片付けをし、貞吉は料理を作った。

平八郎は、表の掃除をしながら油断なく辺りを窺った。

斜向かいの路地や辺りに不審な者はいなく、変わった様子もなかった。

だが、村岡庄兵衛は、何処かから見張っている……。

平八郎は、そう思えてならなかった。

もし、そうだとしたら何故だ……。

平八郎は想《おも》い巡《めぐ》らせた。

やはり、おりんに用があるのか……。

それとも貞吉か……。

ひょっとしたら、居酒屋『花や』に用があっての事なのか……。

平八郎は、様々な想いに駆られた。しかし、見定めるには、村岡庄兵衛に訊くしかないのかもしれない。

そうか……。

平八郎は、居酒屋『花や』の主《あるじ》の貞吉の昔を知らないのに気付いた。

貞吉は、いつから居酒屋『花や』を営《いとな》んでいるのか……。

若い頃から板前だったのか……。

平八郎は、如何に貞吉を知らないのかに気付いた。

三

不忍池に風が吹き抜け、水面に幾筋《いくすじ》もの小波《さざなみ》が走っていた。
笙仙寺は訪れる檀家《だんか》もいなく、静けさに覆われていた。
長次は、笙仙寺の裏手に廻った。
平八郎の云った通り、裏手には土塀が廻されて細い小道が続いていた。
長次は、土塀沿いの小道を進んだ。
やがて、裏門に出た。
此処か……。
平八郎の尾行を見破った村岡庄兵衛は、笙仙寺の山門を潜って裏門から籠脱けした。
長次は、裏門の扉を押した。
裏門の扉は、微かな軋《きし》みをあげて開いた。
長次は、裏門から笙仙寺の裏庭を覗き込んだ。
裏庭は手入れされておらず、木立の向こうに古い小さな家作があった。

長次は裏庭に入り、古い小さな家作の閉められた雨戸に忍び寄った。
不意に家作から男の声がした。
長次は、咄嗟《とっさ》にしゃがみ込んだ。
家作の雨戸が、内側から開けられた。
空き家の筈の家作に誰かいる……。
長次は、縁の下に素早《すばや》く身を潜めて聞き耳を立てた。
開いた雨戸から男の足と着物の裾《すそ》が、縁側《えんがわ》を軋ませて踏石の上の草履《ぞうり》に下ろされた。
男は着流しの浪人か……。
長次は読んだ。
「では、元締《もとじめ》……」
家作から出て来た浪人は、縁側にいる男を振り向いた。
元締……。
長次は緊張した。
「うむ。山倉《やまくら》さん、花やの用心棒は、おそらくお前さんを追って来た若い浪人だ

「……」

山倉……。

長次は眉をひそめた。

『花や』の用心棒の若い浪人とは、平八郎の事だった。そして、縁側から降りた山倉と云う浪人は、平八郎の尾行を見破った村岡庄兵衛なのだ。

長次は、元締と山倉の話の内容からそう読んだ。

「呉々《くれぐれ》も気を付けるんだぜ」

「心得ている。それにしても、いよいよって時に、用心棒やら怖《お》じ気《け》づいて逃げ出そうとする奴らやら、面倒な事ばかりだ」

山倉は、微かな苛立ちを滲ませた。

「情けは要《い》らねえ。臆病者《おくびょうもの》は殺せ……」

縁側にいる元締は、嗄れ声で命じた。

「云われる迄もない。じゃあな……」

山倉は、着流しの裾を翻《ひるがえ》して本堂に向かった。

追わなければ……。

長次は、立ち去って行く山倉の後ろ姿に焦った。だが、頭上の縁側に元締と呼ばれる男がいる限り、山倉を追う訳にはいかない。

長次は、微かな苛立ちを覚えた。

山倉は、本堂の脇から境内に立ち去り、その姿を消した。

長次は苛立つ気配を必死に隠し、縁側に立って山倉を見送る元締の様子を窺った。

元締は、山倉を見送って座敷に戻った。

山倉は、既に笙仙寺を出た筈だ。

長次は山倉を追うのを諦め、縁の下を走り出て茂みに身を潜めた。そして、家作の開けられたままの雨戸を窺い、元締の姿を見定めようとした。

家作は空き家ではなく、元締と呼ばれる男がいたのだ。

元締は嗄れ声からして年寄り……。

長次は、開けられたままの雨戸を見詰めた。

下男風の初老の男が、家作から出て来た。

元締……。

長次は、初老の男を見守った。

初老の男は、雨戸を閉めた。

家作にもう人はいない……。

初老の男が元締……。

長次は緊張した。

初老の男は、閉めた雨戸と敷居を二寸（約六センチ）程の木釘で固めた。そして、雨戸が開かないのを確かめて本堂に立ち去った。

長次は、茂みを出て追った。

初老の男は、鋭い眼差しで境内を見廻して庫裏に向かった。

長次は、本堂の陰から見守った。

初老の男は、庫裏の腰高障子を開けて中に入った。

声を掛けずに入った……。

長次は、初老の男が笙仙寺の寺男だと気付いた。

浪人の山倉に元締と呼ばれていた男は、笙仙寺の寺男だったのだ。

長次は見定め、裏庭の古い小さな家作に戻った。

元締と山倉は仲間を集め、居酒屋『花や』に拘わる何かを企《たくら》んでいるのだ。

長次は睨んだ。

昨夜、斬り殺された村岡は、元締たちの企みに怖じ気づいて逃げ出し、仲間の浪人たちに斬り殺された。

元締は、山倉を追って尋ねて来た平八郎に村岡庄兵衛の名を告げた。その時、元締は既に村岡庄兵衛が怖じ気づいたと知り、殺す手筈を整えていたのかもしれない。そして、平八郎をからかったのだ。

元締の正体と企みを突き止め、平八郎をからかったのが命取りだったと思い知らせてやる。

長次は、嘲《あざけ》りを浮かべた。

いずれにしろ、浪人の村岡庄兵衛殺しと平八郎の探っている件は結びついたのだ。

裏庭の木々の梢《こずえ》は、吹き抜ける風に揺れて騒めいた。


居酒屋『花や』の主の貞吉は、名のある料理屋で板前の修業をし、三十年前におりんの母親と所帯を持って居酒屋『花や』を開いていた。

「そして、おりんが生まれたか……」

平八郎は、開店前の軽い食事をしながら貞吉に話の先を促《うなが》した。

「ああ。その代わりおはなが病で死んだ……」

貞吉は、軽い食事を終えて茶をすすった。

「おはなってのは……」

平八郎は眉をひそめた。

「私のおっ母《か》さんですよ。だから、店の屋号は花や……」

おりんは淋しげに告げた。

貞吉は、哀《かな》しさを隠すように茶を飲んだ。

「すまない……」

平八郎は、貞吉とおりんに哀しい事を思い出させたのを詫びた。

「いいや。昔の話だ……」

貞吉は微笑んだ。

微笑む顔には、懸命《けんめい》に生きて来た証《あかし》のような深い皺《しわ》が幾筋も刻《きざ》まれた。

家族想いの真面目《まじめ》な働き者……。

平八郎は、今度の件に貞吉の昔の事は拘わっていないと見定めた。

「で、聞きたい事はそれだけかい……」

貞吉は、茶の残りを飲み干した。

「もう一つ、この花やは、親父さんが建てたのか……」

平八郎は訊いた。

「いいや。居抜きで買った」

「じゃあ前は……」

「やっぱり居酒屋だったそうだが、俺好みにいろいろ手を入れてね。買った時とは随《ずい》分《ぶん》変わったよ」

「そうか……」

貞吉は、居酒屋『花や』の中を愛《いと》おしそうに見廻した。

「お父っつあんが居抜きで買う前の店に、何か拘わりあるの……」

おりんは眉をひそめた。

「さあ、未だ何とも云えない……」

平八郎は、厳しさを過らせた。

陽差しは赤くなり、店を開ける刻限が近付いて来た。


笙仙寺は夕暮れに包まれた。

長次は、笙仙寺について周辺に聞き込みを掛けた。

笙仙寺には、浄空《じょうくう》と云う住職と寺男の喜十《きじゅう》が暮らしていた。

寺男の喜十が元締であり、住職の浄空は酒浸《さけびた》りの生臭坊主《なまぐさぼうず》だった。

元締の喜十は、おそらく酒浸りの浄空の弱味を握って笙仙寺の寺男に潜り込んだ。

長次は睨んだ。

「長さん……」

岡っ引の駒形の伊佐吉が、下っ引の亀吉《かめきち》を従えてやって来た。

「お待ちしていましたぜ」

長次は、茅町二丁目の木戸番に伊佐吉への使いを頼んだ。

報《しら》せを受けた伊佐吉は、亀吉を従えて駆け付けて来たのだ。

「昨夜、殺された浪人、いろいろ分かったそうだな……」

「ええ……」

長次は頷いた。

「聞かせて貰おうか……」

「そいつがいろいろ込み入っていましてね……」

長次は、分かった事を話し始めた。

笙仙寺の寺男の喜十と山倉と云う名の浪人の事……。

平八郎と居酒屋『花や』のおりんが絡んでいた事……。

長次は、伊佐吉と亀吉に話して聞かせた。

「平八郎さんと花やの女将のおりんさんが……」

伊佐吉と亀吉は、思わぬ成行《なりゆ》きに驚いた。

「ええ……」

長次は苦笑した。

「その喜十って元締の正体と、何を企んでいるかだな……」

伊佐吉は、筆仙寺を一瞥した。

「ええ。喜十は盗人の頭《かしら》かもしれません」

長次は睨んだ。

「盗人の頭か……」

伊佐吉は眉をひそめた。

「ええ……」

「で、長さん。平八郎さん、喜十と山倉の事を知っているのか……」

「いえ。未だ……」

「よし。喜十は俺たちが引き受けた。平八郎さんに報せてやるんだな」

「承知。じゃあ、お願いします」

長次は、元締の喜十の見張りを伊佐吉と亀吉に任せ、神田明神門前の居酒屋『花や』に急いだ。

日暮れ刻。

神田明神門前には変わった事もなく、連《つら》なる飲み屋は明かりを灯して暖簾を出し始めていた。

平八郎は、居酒屋『花や』の暖簾を出しながら辺りを油断なく窺った。

不審な事はない……。

平八郎は見定め、『花や』の店内に戻った。

暖簾を出して四半刻（約三十分）が過ぎた。

居酒屋『花や』は客で賑わい、女将のおりんと若い衆の平八郎は忙しく働いた。

「邪魔するよ」

客が腰高障子を開けて入って来た。

「いらっしゃい……」

平八郎は、客を威勢良く迎えた。

客は長次だった。

「やあ……」

「酒、お願いしますよ」

長次は、笑みを浮かべて酒を注文して隅に座った。

「承知。女将さん、酒を一本……」

平八郎は、そう云いながら板場に向かった。

長次は、客を見廻した。

客は見覚えのある者が多く、楽しげに酒を飲んでいた。

怪しい者はいない……。

長次は見定めた。

尤《もっと》も怪しい者がいれば、平八郎が既にどうにかしている筈だ。

「おまちどお……」

平八郎は、長次の許に湯気を漂わせる徳利と猪口を持って来た。

「おう。待ち兼《か》ねた……」

平八郎は、長次に猪口を渡して徳利を差し出した。

「こいつは済みませんね」

長次は、恐縮しながら猪口を差し出した。

「何かありましたか……」

平八郎は、長次の猪口に酒を満たしながら訊いた。

「笙仙寺の寺男、御存知ですね」

「ええ……」

「野郎、喜十って云いましてね」

「喜十……」

「ええ。で、空き家の家作で山倉って浪人と平八郎さんの事を話していましたよ」

「俺の事を……」

平八郎は戸惑った。

「山倉、どうやらおりんさんを見張り、平八郎さんの尾行を見破った浪人でしてね。寺男の喜十が平八郎さんに云った村岡庄兵衛です」

長次は酒を飲んだ。

「山倉ですか……」

「ええ。で、山倉が寺男の喜十を元締と呼んでいましてね。花やに拘わる何かを企んでいるようですよ」

長次は、手酌《てじやく》で酒を飲んだ。

「花やに拘わる何かを企んでいますか……」

平八郎は眉をひそめた。

「平さん、酒をくれ」

馴染客の職人が、平八郎に注文した。

「おう。心得た。長次さん、ゆっくりしていってくれ……」

平八郎は、忙しく板場に入った。

長次は酒を飲んだ。

居酒屋『花や』は、客たちの楽しげな笑い声で賑わった。


貞吉は、客の途切れたのを見計らい、『花や』を早仕舞いした。

平八郎は、貞吉とおりんにも長次の話を聞かせた。

長次は、元締の喜十や浪人の山倉に就《つ》いて詳しく話し、貞吉とおりんに心当たりがあるかどうか訊いた。

貞吉とおりんに心当たりはなかった。

「客の中にも……」

長次は念を押した。

「いたのかも知れませんが、お客は大勢ですし……」

おりんは、不安を滲ませた。

「馴染ならともかく、一見《いちげん》の客となれば……」

平八郎は首を捻った。

「そんな奴らが、俺の店に何の用があるって云うんだ……」

貞吉は苛立った。

「長次さん、やはり親父さんやおりんに拘わりないんじゃあ……」

「ええ。あっしも貞吉さんやおりんさん、それに花やが拘わっているとは、どうしても思えなくてねえ……」

長次は、厳しさを過らせた。

「となると、親父さんが此処を居抜きで買い取る前の店に拘わりがあるのかな……」

平八郎は読んだ。

「へえ。此処は居抜きで買ったんですか……」

長次は、貞吉に訊きながら店を見廻した。

「ああ……」

貞吉は頷いた。

「花やの前も居酒屋だったそうです」

平八郎は告げた。

「居酒屋ですか……」

長次は眉をひそめた。

「ええ……」

「貞吉さん、そいつはどんな店でした……」

「そいつが、三十年も昔の話でね……」

貞吉は眉をひそめた。

「三十年も昔ですか……」

「だけど、遊び人や博奕《ばくち》打ちの溜《たま》り場のようで揉《も》め事が絶えなくて潰《つぶ》れたそうでね。近所の評判は良くなかったな」

貞吉は、三十年前の事を僅かに蘇《よみがえ》らせた。

「ほう。そんな店だったんですか……」

長次の眼が僅かに輝いた。

「長次さん、花やの前の店、どんな店でどうして潰れたのか、調べてくれませんか……」

平八郎は頼んだ。

「仰《おつしや》る迄もなく……」

長次は微笑んだ。

半刻（約一時間）後、長次は居酒屋『花や』の裏口から裏路地伝いに帰って行った。

平八郎は、居酒屋『花や』の周囲に不審な事がないのを見定めた。そして、戸締まりを確かめ、板場の横の二畳程の休息場に陣取って警戒をした。

元締の喜十と浪人の山倉は何者なのだ……。

二人は何を企てているのか……。

企ては、居酒屋『花や』にどう拘わりがあるのか……。

そして、企ての狙いは何か……。

平八郎は、油断なく辺りを警戒しながら浮かびあがった疑念を整理した。

行燈《あんどん》の明かりが小刻みに揺れた。

四

南町奉行所同心詰所には、同心たちが忙しく出入りしていた。

長次は戸口に佇み、顔見知りの同心に挨拶《あいさつ》をしながら定町廻り同心の高村源吾が来るのを待っていた。

「待たせたな。長次……」

高村源吾が、奥の廊下《ろうか》から同心詰所に入って来た。

「いえ。で、如何でした……」

「ああ。分かったぜ。出よう……」

高村は、長次を促して同心詰所を出た。

長次は続いた。

外濠《そとぼり》に架かっている数寄屋橋《すきやばし》御門を渡ると数寄屋河岸《かし》になる。

高村源吾は、数寄屋河岸の外れにある蕎麦《そば》屋『藪《やぶ》よし』に長次を伴った。

高村と長次は、蕎麦を肴に酒をすすった。

「で、花やの前の店だが、鶴乃家《つるのや》と云ったそうだ……」

高村源吾は、居酒屋『花や』で何度か酒を飲んだ事がある。

「鶴乃家ですか……」

「ああ……」

「鶴乃家、どんな店で……」

「おつやって若い女将が営んでいたそうでな。そいつが或《あ》る日、姿を消しちまって鶴乃家は潰れてしまった」

「姿を消したってのは……」

長次は戸惑った。

「何しろ三十年も昔の話だ。当時の神田明神門前町の見廻り日誌に僅かに書かれているだけでな。仔細《しさい》は分からない」

「そうですか……」

「ま、おつやって若い女将は、何処かの隠居の囲い者でな。馴染だった客は、おつやが隠居を嫌になり、若い男と駆け落ちしたって噂したそうだ」

高村は苦笑した。

「駆け落ちですか……」

長次は眉をひそめた。

「ああ。ま、いずれにしろ、鶴乃家はそれで潰れちまい、一年後に花やの貞吉が居抜きで買ったとなっていたぜ」

「そうですか……」

「で、長次、神田明神門前での浪人村岡庄兵衛殺し、三十年前に潰れた鶴乃家と拘わりあるのか……」

高村は眉をひそめた。

「未だはっきりはしませんが、ひょっとしたら……」

長次は、高村を見詰めた。

「拘わっているかもしれないか……」

「はい……」

「長次、駆け落ちした女将のおつやを囲っていた隠居。盗人じゃあないかな……」

「盗人……」

高村は睨んだ。

長次は、高村の睨みに戸惑った。

「ああ。俺の勘だがな。その隠居、名前も素性も分からないってのが気になる」

高村は酒を飲んだ。

「盗人ですか……」

長次は戸惑った。

「ああ。鶴乃家を江戸での隠れ家にしていた。違うかな……」

「あり得ますね……」

長次は頷いた。

「ああ。平八郎の旦那にそう伝えてくれ」

「高村さま……」

長次は、平八郎の名を出していなかった。

「花やとくれば、馴染の平八郎の旦那が絡んでいる。違うかい……」

高村は笑った。

「畏《おそ》れいります」

長次は苦笑し、高村の猪口に酒を満たした。

筌仙寺の屋根は、陽差しに眩しい程に輝いていた。

寺男の喜十は、境内の掃除をして朝飯を作り、洗濯などに忙しく働いていた。

「別に変わった様子はありませんね」

「ああ……」

伊佐吉と亀吉は、物陰に潜んで見張りを続けた。

刻は過ぎた。

笙仙寺にくるのは、不忍池の畔からの道と根津権現《ねづごんげん》に続く道とがある。

「親分……」

亀吉が、不忍池の畔に続く道を示した。

二人の浪人がやって来た。

伊佐吉と亀吉は、物陰から見守った。

二人の浪人は、笙仙寺の山門を潜って庫裏に入って行った。

庫裏に入る時、二人の浪人は境内を油断なく見廻していた。

「只の浪人じゃあねえな」

伊佐吉は睨んだ。

「はい。村岡庄兵衛を斬った浪人共かも知れませんね」

亀吉は頷いた。

「ああ。ひょっとしたら今夜、何かあるかもしれねえな……」

伊佐吉は、微かな緊張を過らせた。

神田明神は参拝客《さんぱい》で賑わっていた。

長次は、『花や』に泊まった平八郎を呼び出した。

二人は、神田明神門前の茶店の縁台に腰掛けて茶を頼んだ。

茶店からは、居酒屋『花や』の表が見通せた。

「花やの前、どんな店だったか分かりましたか……」

平八郎は、『花や』の表を眺めながら長次に尋ねた。

「ええ。高村さまに調べて貰いました……」

「高村さんか……」

「ええ。三十年前、花やは鶴乃家って屋号の居酒屋でしてね……」

長次は、鶴乃家が女将のおつやがいなくなって潰れた顚末《てんまつ》を告げた。

「囲っていた隠居が嫌になり、若い男と駆け落ちですか……」

平八郎は苦笑した。

「噂だそうですがね。それで高村さま、囲っていた隠居は盗人の頭じゃあないかと

……」

「盗人の頭……」

平八郎は戸惑った。

「ええ。隠居の名前や素性が分からないのが、気になると仰いましてね」

「長次さんはどう思います……」

「実は、あっしは元締の喜十や山倉が盗人じゃあないかと思った事がありましてね。高村さまの睨み通りなのかも……」

長次は苦笑した。

「じゃあ、元締の喜十と山倉、鶴乃家の女将を囲っていた隠居と拘わりのある盗人なのかもしれませんね」

平八郎は推《お》し量《はか》った。

「ええ。それにしても三十年も経《た》った今、何の用があるってんですかねえ……」

長次は眉をひそめた。

「用がある物は、三十年前の鶴乃家から今の花やにずっとある物ですかね……」

平八郎は読んだ。

「おそらく……」

長次は頷いた。

「花やは、三十年の間に親父さんが随分手を入れて変えたと云います。当時から変わっていない物と云えば……」

平八郎は眉をひそめた。

神田明神の参拝客は途絶える事はなかった。

派手《はで》な半纏《はんてん》を着た遊び人が、根津権現に続く道からやって来て笙仙寺の庫裏に入って行った。

笙仙寺は静寂《せいじやく》に包まれていた。

伊佐吉と亀吉は、物陰から見送った。

「これで遊び人が二人、最初に来た浪人二人と合わせて四人。元締の喜十を入れて五人ですね」

亀吉は、笙仙寺を訪れた者を数えた。

「ああ。やはり今夜、何かあるぜ……」

伊佐吉は、厳しさを滲ませた。

鶴乃家の時からある物……。

貞吉は、店の中を見廻した。

「どうだ。何かあるか……」

平八郎は、長次やおりんと貞吉の言葉を待った。

「何度、見廻した処でないものはないいな」

貞吉は、呆《あき》れたように告げた。

「ないか……」

平八郎は肩を落とした。

「ああ。前にも云ったように、店は何度も手を入れて俺好みに変えているんだ。三十年前の鶴乃家の名残《なごり》の物なんて何一つありゃあしねえ……」

「親父さん、手を入れた時、何か金目の物は出て来なかったか……」

平八郎は粘《ねば》った。

「縁の下に鐚銭《びたせん》が落ちていたぐらいだ」

「天井裏にもか……」

平八郎は尚《なお》も粘った。

「ああ。雨漏りがしたので屋根と一緒に天井板も替えたが、何もなかった」

「そうか……」

平八郎は、吐息を洩らした。

「貞吉さん、店は分かったが、居間やおりんさんの部屋はどうだい」

長次は尋ねた。

「居間は十年前に手を入れたし、おりんの部屋はその時に建増《たてま》したよ」

「そうですかい……」

長次は頷いた。

「そいつら、三十年前の物が今でも本当にあると思っているのかしら……」

おりんは首を捻った。

「きっとな……」

平八郎は頷いた。

「どんな物かしら、三十年も変わらずにある物って……」

「おりんさん、そいつは金かお宝だよ」

長次は笑った。

「そうか。小判は腐《くさ》らないものね……」

おりんは、感心したように頷いた。

「長次さん、じゃあ、お宝ってのは……」

平八郎は訊いた。

「好事家《こうずか》が金に糸目を付けずに買う物ですが、三十年経っても隠して置ける物となれば、金や銀の置物か仏像って処ですかね」

長次は読んだ。

「成る程、お宝ですね……」

「ええ。で、どうします……」

長次は、平八郎の出方を窺った。

「こうなりゃあ、喜十や山倉が来たら訊くしかありませんよ」

平八郎は、楽しげに笑った。

裏口の戸が小さく叩かれた。

平八郎と長次は、貞吉を促して板場に入った。

「誰だい……」

貞吉は、戸を叩いた者に呼び掛けた。

「亀吉です……」

戸を叩いたのは亀吉だった。

長次は、亀吉の声に間違いないと平八郎と貞吉に頷いて見せ、裏口の戸を開けた。

「長次さん……」

「入りな……」

「御免《ごめん》なすって……」

亀吉は板場に素早く入り、平八郎、貞吉、おりんに会釈《えしゃく》をした。

「どうした」

「笙仙寺の喜十の処に人が集まっています」

「何人だ……」

長次は眉をひそめた。

「あっしが来る時には四人、喜十を入れて五人。それで親分が今夜動くだろうと……」

亀吉は告げた。

「分かった。わざわざ御苦労だったな」

長次は労《ねぎら》った。

「はい。じゃあ、親分の処に戻ります」

亀吉は、裏口から出て行った。

「気を付けてな……」

長次は亀吉を見送り、平八郎、貞吉、おりんに振り返った。

「聞いた通りですよ」

「今夜ですか……」

平八郎は緊張を浮かべた。

「ええ。尤も何か仕掛けて来るのは、店仕舞いをしてからの事でしょうがね。どうします」

長次は、貞吉とおりんを見詰めた。

「どうするって……」

おりんは戸惑った。

「今夜は店を開けずに身を隠す。いつも通りに店を開けて奴らの出方を待つ。決めるのは貞吉さんとおりんさんだ……」

長次は、厳しい面持ちで告げた。

「どうします。お父っつあん……」

おりんは、不安げに貞吉を窺った。

「おりん、いつ迄も心配ばかりしちゃあいられない。いつも通り店を開けるのに決まっているだろう……」

貞吉は笑った。

「それでこそ親父さんだ……」

平八郎は頷いた。

不忍池に暮六つ（午後六時）の鐘が鳴り響いた。

伊佐吉と亀吉は、夕暮れに覆われた笙仙寺を見張り続けた。

「亀吉……」

伊佐吉は、不忍池からの道を示した。

着流しの中年浪人が、不忍池からの道をやって来た。

伊佐吉と亀吉は、着流しの中年浪人を見守った。

着流しの中年浪人は山倉だった。

山倉は、笙仙寺の山門を潜って庫裏に入って行った。

「親分……」

「ああ。これで元締の喜十を入れて六人だ」

伊佐吉は眉をひそめた。

夜の闇は静かに広がっていく。

居酒屋『花や』は賑わった。

平八郎は前掛に片襷姿になり、おりんと共に客に酒や料理を運んでいた。

板場では貞吉が料理を作り、長次が酒の燗《かん》を付けながら裏手の警戒をしていた。

元締の喜十と山倉たちには伊佐吉と亀吉が張り付いており、何かあれば逸早く報せが来る筈だ。

平八郎と長次は、その時を待ちながら居酒屋『花や』の仕事に励《はげ》んだ。

時は過ぎ、戌の刻五つ（午後八時）を過ぎた。

居酒屋『花や』は、亥の刻四つ（午後十時）には店仕舞いをする。

そろそろ動く……。

伊佐吉は睨んだ。

「親分……」

亀吉が緊張した。

伊佐吉は、亀吉の視線を追った。

庫裏から三人の浪人と二人の遊び人、そして元締の喜十が現われた。

「どうやら動くようですぜ」

「ああ……」

睨み通りだ……。

伊佐吉は、腹の中で笑った。

「よし。何処に行くか見定めるぜ……」

元締の喜十と山倉たち六人は、暗がり伝いに不忍池に走った。

行き先は、おそらく神田明神門前にある居酒屋『花や』だ。

伊佐吉は見定め、元締の喜十と山倉たちを慎重に追った。


戌の刻五つが過ぎ、居酒屋『花や』の賑わいは落ち着いた。

「そろそろ現われるかも……」

長次は、緊張を過らせた。

「ええ……」

平八郎は頷いた。

「じゃあ、あっしは表に……」

「お願いします」

長次は、板場から裏口を出て表に向かった。

神田明神門前は酔客の賑わいも減り、居酒屋『花や』の前を行き交う人も少なくなっていた。

長次は、路地の暗がりから辺りを見廻した。

今の処、不審な処はない……。

長次は、見張りを始めた。

「毎度ありがとうございました。お気を付けて……」

馴染客の大工《だいく》が、おりんに見送られて『花や』から帰って行った。

僅かな時が過ぎた。

斜向かいの路地の闇を揺らして亀吉が現われ、足早に『花や』に向かって来た。

「亀吉……」

長次は小声で呼んだ。

「長次さん……」

亀吉は、長次に駆け寄った。

「間もなく。喜十の他に浪人が三人と遊び人が二人。〆《しめ》て六人……」

亀吉は報せた。

三人の浪人の中には、おそらく山倉もいる筈だ。

「よし……」

長次と亀吉は、路地に潜んで喜十たちが来るのを待った。

やがて、六人の男たちがやって来た。

喜十と山倉たちだ……。

長次と亀吉は、喉《のど》を鳴らして見守った。

三人の浪人の中には、着流しの中年浪人がいた。

山倉……。

長次は、着流しの中年浪人を山倉だと睨んだ。

喜十と山倉は、『花や』の斜向かいの暗がりに残った。そして、二人の浪人と二人の遊び人が『花や』に向かった。

「亀吉、親分と喜十や山倉を見張ってくれ」

「承知……」

「来たか……」

長次は、『花や』の裏口に走った。

居酒屋『花や』の腰高障子を開け、二人の浪人と二人の遊び人が入って来た。

「いらっしゃいませ」

おりんが迎えた。

「邪魔をするぞ」

二人の浪人と二人の遊び人は、奥に座って酒や肴を注文した。

「奴らですぜ……」

長次は、板場から二人の浪人と二人の遊び人を示した。

平八郎は、四人を窺った。

「野郎……」

貞吉は、怒りを浮かべて四人を睨み付けた。

「落ち着け、親父さん……」

平八郎は苦笑した。

注文を取ったおりんが、板場に戻って来た。

「お酒が二本と豆腐《とうふ》と野菜の煮染、お願いしますよ」

「分かった。おりん、奴らの相手は俺が引き受けた」

平八郎は、おりんに二人の浪人と二人の遊び人を示した。

おりんは頷き、緊張を滲ませた。

五

亀吉は、暗がりに潜んで居酒屋『花や』を見張る喜十と山倉を見守った。

「他の四人は、花やに入ったのか……」

伊佐吉が、亀吉の傍《そば》の暗がりに現われた。

「はい。長次さんが見定めていきました」

「そうか。さあて、何をする気なのか……」

伊佐吉は小さく笑った。

「ありがとうございました」

おりんが、帰る客を見送った。

戌の刻五つ半（午後九時）が過ぎ、客は二人の浪人と二人の遊び人だけが残った。

「おう。酒をくれ……」

浪人は、平八郎に注文した。

「只今……」

平八郎は、注文を受けて板場に入った。

貞吉とおりんは、緊張した面持ちで待っていた。

「さあて、どうします」

長次は、平八郎の出方を窺った。

「喜十と山倉が来る前に片付けます」

平八郎は、楽しそうに笑った。

「じゃあ……」

長次は、二畳の休息場に置いてあった風呂敷包みを引き出した。中から金具の音がした。

「おい。酒は未だか……」

浪人は急《せ》いた。

「おう。今、持って行くぜ」

平八郎は、湯気を漂わせる二本の徳利を盆に載せて板場を出た。

「おまちどお……」

平八郎は、二人の浪人と二人の遊び人に近付いた。

浪人の一人が立ち上がり、刀を抜いて平八郎に突き付けた。

「なんだ……」

平八郎は眉をひそめた。

「静かにしろ。伸吉《しんきち》、暖簾を片付けて元締と山倉さんを呼べ」

平八郎に刀を突き付けた浪人が、遊び人の一人に指示した。

「へい……」

伸吉と呼ばれた遊び人が、戸口に向かった。

刹那《せつな》、平八郎は湯気を漂わせる徳利を伸吉に投げ付けた。

伸吉は、咄嗟に徳利を払った。

徳利は酒を撒《ま》き散らして土間に落ち、音を立てて砕《くだ》け散った。

「熱い……」

伸吉は火傷《やけど》をし、悲鳴をあげて蹲《うずくま》った。

徳利の酒は、煮え滾《たぎ》る程に熱かった。
板場から現われた長次が、蹲った伸吉を手にした手鎖《てぐさり》で殴《なぐ》り飛ばした。
伸吉は気を失った。
長次は、気を失った伸吉に手鎖と足枷《あしかせ》を掛けた。驚く程の早業《はやわざ》だった。
「お、おのれ……」
浪人は驚き、平八郎に斬り付けようとした。
平八郎は、斬り付けようとした浪人の顔に残る徳利を叩き付けた。
徳利は割れ、熱い酒が浪人の顔を濡らした。
浪人は、思わず刀を落として両手で火傷した顔を覆《おお》った。
平八郎は、火傷した浪人の脾腹《ひばら》に拳《こぶし》を鋭く打ち込んだ。
火傷した浪人は、苦悶《くもん》の呻《うめ》き声を洩らして意識を失った。
残る浪人と遊び人は、慌てて逃げ出そうとした。
平八郎は浪人に襲い掛かり、長次が遊び人を押さえた。
「は、離せ……」
遊び人は抗《あらが》い、匕首《あいくち》を振り廻した。
長次は、遊び人の匕首を十手《じって》で叩き落とし、容赦《ようしゃ》なく殴り飛ばした。

遊び人は、土間に激しく叩き付けられた。

浪人は、平八郎に刀で突き掛かった。

平八郎は見切り、身体を僅かに開いて刀を躱《かわ》し、浪人を羽交《はが》い締めにした。

「野郎……」

貞吉が駆け寄り、平八郎が羽交い締めにした浪人の額を擂粉木《すりこぎ》棒で打ちのめした。

浪人は、眼を瞠《みは》って失神した。

「危ないな、親父さん……」

平八郎は苦笑した。

「手前《てめえ》の家を護《まも》るのに、何もしないでいられるか……」

貞吉は、息を乱して声を嗄れさせた。

「平八郎さん……」

長次は、手鎖と足枷を持って来た。

平八郎は、気を失っている二人の浪人に手鎖と足枷を掛けた。そして、長次は残る遊び人に手鎖と足枷を掛けた。

二人の浪人と二人の遊び人は、気を失ったまま拘束《こうそく》された。

山倉と元締の喜十が、腰高障子を開けて入って来た。

山倉は、直《す》ぐに事態を飲み込んだ。

「おのれ……」

山倉は、平八郎を睨み付けた。

「遅かったな。山倉、喜十……」

平八郎は笑った。

長次は、貞吉とおりんを板場に行くように促して立ちはだかった。

「死ね……」

山倉は、平八郎に抜き打ちの一刀を横薙《よこな》ぎに放った。

平八郎は、咄嗟に落ちていた浪人の刀を拾い、山倉の刀を受けた。

甲高い音が鳴り、平八郎の拾った刀が二つに折れた。

「この鈍《なま》くら……」

平八郎は、折れた刀を山倉に投げ付けた。

山倉は躱し、残忍な笑みを浮かべて刀を平八郎の頭上に構えた。

悪い夢だ……。

平八郎の脳裏《のうり》には、斬られそうになった悪い夢が蘇った。

次の瞬間、山倉は平八郎に刀を斬り下げた。

刹那、平八郎は山倉が斬り下げた刀を両手で挟んだ。

山倉は狼狽《うろた》え、刀を平八郎の両手から引き抜こうとした。だが、刀は平八郎の両の掌に吸い付かれたように動かなかった。

「おのれ……」

山倉は焦り、平八郎を押し斬りにしようとした。

平八郎は、山倉を睨み付けて必死に堪《こら》えた。

次の瞬間、背後から飛来した捕り縄が山倉の首に巻き付いた。

山倉は、思わず仰《の》け反《ぞ》った。

平八郎は、山倉の刀を素早く突き放し、転がりながら逃れた。

「平八郎さん……」

おりんが、刀を平八郎に渡した。

山倉は、首に巻き付いた捕り縄を引いている伊佐吉に刀を一閃した。

伊佐吉は、跳び退《の》いて十手を構えた。

「山倉……」

平八郎は刀を抜き払った。

山倉は、平八郎と対峙《たいじ》した。

元締の喜十は、逃げようと戸口に走った。だが、表にいた亀吉が、喜十を蹴り飛ばした。

喜十は、『花や』の土間に激しく叩き付けられた。

伊佐吉と亀吉は、喜十を押さえ付けて素早く捕り縄を打った。

「山倉、これ迄だな」

平八郎は笑った。

「だ、黙れ……」

山倉は、平八郎に斬り掛かった。

平八郎は、刀を鋭く閃《ひらめ》かせた。

山倉の利《き》き腕から血が飛び、刀が音を立てて土間に転がった。

平八郎は、怯《ひる》んだ山倉の太股《ふともも》に横薙ぎの一刀を放った。

山倉は、太股を斬られて横倒しに倒れた。

長次が、倒れた山倉を激しく蹴り上げて素早く縄を打った。

元締の喜十と山倉たちは、一人残らず捕縛《ほばく》された。

平八郎は、縄を打たれている喜十に笑い掛けた。

「喜十、花やに鶴乃家の何が残されているんだ……」

平八郎は尋ねた。

喜十は、平八郎が鶴乃家を知っているのに狼狽《ろうばい》した。

平八郎は、喜十の狼狽を見逃さなかった。

「やはり、三十年前に潰れた鶴乃家が絡んでいるんだな……」

「し、知っているのか……」

「ああ。鶴乃家の駆け落ちした女将のおつやを囲っていた隠居が盗人なのもな」

平八郎は微笑んだ。

「そうかい……」

喜十は、己の企みが失敗したのを思い知らされ、自嘲《じちょう》の笑みを浮かべた。

「喜十、打ち首獄門は免《まぬか》れぬ。聞きたい事があれば、聞いておくのだな」

平八郎は、喜十に勧《すす》めた。

「いいのか……」

「ああ……」

企みを聞き出すのは、責めて吐かせるより手っ取り早い。

平八郎は笑った。

「貞吉さん……」

喜十は、貞吉に向き直った。

「なんだ……」

貞吉は、喉を鳴らした。

「板場の休息場の床下を覗いた事あるかい」

「いいや。板場に手を入れちゃあいない」

貞吉は戸惑った。

「三十年の間、一度もか……」

「ああ……」

貞吉は頷いた。

「だったら、すぐ床下を覗いて見るんだな」

「床下に何かあるのか……」

貞吉は眉をひそめた。

「昔のあっしのお頭、不動《ふどう》の万蔵《まんぞう》が隠した一尺（約三十センチ）程の金の観音像《かんのん》がある筈ですぜ」

喜十は、悔しげに告げた。

「金の観音像……」

貞吉は驚き、素《す》っ頓狂《とんきよう》な声をあげた。

「お父っつあん……」

おりん、長次、伊佐吉、亀吉は、貞吉を見詰めた。

喜十は、盗人の不動の万蔵が隠した一尺程の金の観音像を狙い、居酒屋『花や』襲撃を企《くわだ》てたのだ。

「親父さん、休息場の床下を検めていいかい」

平八郎は、貞吉に尋ねた。

「ああ……」

貞吉は、驚きに強張《こわば》った顔で頷いた。

「手伝ってくれ、亀吉……」

「はい……」

平八郎は、亀吉と共に板場の休息場の畳をあげ、床板を外して床下を覗き込んだ。

貞吉、おりん、長次、伊佐吉は、固唾《かたず》を呑んで見守った。

床下には石が組まれ、その上に幅五寸（約十五センチ）、長さ一尺、深さ五寸程の泥《どろ》まみれの古い木箱が置かれていた。

平八郎は、木箱を床下から取り出した。

「あったか……」

喜十は、板場に駆け寄ろうとした。

「静かにしろ……」

伊佐吉と長次が押さえた。

「平八郎さん……」

貞吉とおりんは、緊張に声を震わせた。

「箱を開けてみて良いか……」

平八郎は、貞吉に尋ねた。

「ああ……」

貞吉は、喉を鳴らして頷いた。

平八郎は、貞吉、おりん、長次、伊佐吉、亀吉が見守る中で木箱の蓋《ふた》を取った。

木箱の中には、泥に汚れ、墨《すみ》の薄れた様々な書付けが入っていた。

平八郎は、書付けの下を調べた。

「あったか、金の観音像はあったか……」

喜十は苛立った。

「ああ。あった……」

平八郎は、泥まみれの古い木箱の底から一寸程の泥に汚れた観音像を取り出した。

平八郎は、一寸程の観音像の泥を拭った。

観音像の金色は所々剝《は》げ、鉛《なまり》色の地金を見せていた。

喜十が、かつての頭、不動の万蔵から聞いた一尺程の金の観音像は、金を塗《ぬ》った一寸程の物に過ぎなかった。

貞吉、おりん、長次、伊佐吉、亀吉は、詰めていた息を大きく洩らした。

「見せろ。俺にも見せてくれ」

喜十は喚《わめ》いた。

「いいとも。さあ、良く見ろ、喜十……」

平八郎は、一寸程の金色の剝げた観音像を喜十に見せた。

喜十は愕然《がくぜん》とした。

「他には。他にはないのか……」

喜十は、嗄れた声を震わせた。

「ああ。これだけだ……」

平八郎は、木箱を逆《さか》さにして振った。

板の腐った木箱は壊れ、木屑《きくず》が落ちた。

喜十は凍《い》て付き、一寸程の金色の剝げた観音像を見詰めた。
一寸程の金色の剝げた観音像は、微かな嘲りを浮かべていた。
「喜十、お前も長い間、馬鹿な夢を見続けて来たようだな……」
平八郎は哀《あわ》れんだ。
喜十は言葉もなく、呆然《ぼうぜん》とした面持ちで震え出した。
悪い夢だ……。
平八郎は苦笑した。

盗人の蝮《まむし》の喜十と山倉郡兵衛《ぐんべえ》たち五人の手下は大番屋に繫《つな》がれた。
南町奉行所定町廻り同心の高村源吾は、喜十たちを厳しく詮議《せんぎ》し始めた。
居酒屋『花や』を見ていた浪人は、おりんに岡惚れしたからではなかった。
貞吉は、密かに安堵《あんど》した。
平八郎は、貞吉から給金を貰って居酒屋『花や』の仕事を終えた。
居酒屋『花や』は、馴染客で賑わっていた。

平八郎は、隅に座って酒を飲んでいた。

「おう。平さん、怠《なま》けていていいのかい」

「ああ。酒を頼むぜ」

顔見知りの馴染客たちは、平八郎を賑やかにからかった。

「今夜は客だ。客……」

平八郎は、苦笑しながら酒を飲んだ。

「はい。鱸《すずき》の塩焼き、お父っつあんから。どうぞ……」

おりんが、平八郎の前に鱸の塩焼きを置いた。

「へえ、良いのかな……」

平八郎は、嬉しげに笑った。

「この前のお礼だって……」

おりんは微笑んだ。

「そうか。美味そうだな」

平八郎は、鱸の塩焼きを食べながら酒を飲んだ。

居酒屋『花や』には客が出入りし、賑わいは楽しげに続いた。

「邪魔するよ」

長次と高村源吾が入って来た。

「いらっしゃい……」

おりんが迎えた。

長次は、逸早く平八郎に気付いておりんに示した。

「はい、直ぐにお酒を……」

おりんは、笑顔で頷いて板場に向かった。

高村と長次は、鱸の塩焼きを食べるのに余念のない平八郎の前に座った。

「やあ……」

平八郎は、高村と長次に気付いて会釈をした。

「いろいろ世話になったな……」

高村は、平八郎に僅かに頭を下げた。

「いいえ……」

平八郎は苦笑した。

「お待たせしました」

おりんが、徳利と猪口を持って来て高村と長次に酌をした。

高村と長次は酒を飲んだ。

「平八郎さん、喜十の野郎、何もかも吐いたそうですよ」

「吐きましたか……」

平八郎は、高村に酌をした。

「うむ。三十年前、鶴乃家の女将のおつやは旦那の不動の万蔵に嫌気《いやけ》が差し、若い板前と駆け落ちした。万蔵の野郎、年甲斐《としがい》もなくおつやにぞっこんだったようでな。病になって故郷の小田原《おだわら》に引っ込んだ。それで、一味の小頭が鶴乃家を叩き売ったそうだ……」

高村は、酒を飲んで喉を潤《うるお》した。

「で、その後、手下の一人だった喜十が、死の間際《まぎわ》の万蔵から鶴乃家の休息場の床下にお宝の観音像を隠したと聞いた……」

「あの書付けは何でしたか……」

平八郎は訊いた。

「あれは、大店の見取図、忍び口や退き口を書き記した物でな、あれがあれば押し込みも容易《ようい》。ま、盗人の宝と云えば宝だな」

「盗人の宝……」

平八郎は眉をひそめた。

「ああ。そいつを喜十の野郎、お宝は一尺程の金の観音像と勝手に思い込んだようだ」

高村は苦笑し、酒を飲んだ。

「喜十も悪い夢を見たものです」

「ああ。欲に絡んだ悪い夢だ」

高村は冷たく云った。

「それで喜十、花やを調べて金の観音像が未だ見つからずに床下にあると睨み、押し込む時を窺っていたそうですぜ」

長次は告げた。

「そうでしたか……」

平八郎は酒を飲んだ。

「それから村岡庄兵衛は、裏切ろうとしたので山倉たちが斬ったとか……」

長次は、浪人の村岡庄兵衛が斬られた理由を告げた。

村岡庄兵衛を斬ったのは、山倉郡兵衛たち三人の浪人だった。

「山倉郡兵衛か……」

平八郎は、山倉に斬られそうになった状況を思い浮かべた。

悪い夢で見た通りだった。

平八郎は、己の見た悪い夢が現実になったのに戸惑っていた。そして、戸惑いに答えはなかった。

あるのは不可思議な事実だけだった。

奇妙な事もあるもんだ……。

平八郎は酒を飲んだ。

悪い夢……。

居酒屋『花や』は賑わい、悪い夢は終わった。

第二話　岡惚《おかぼ》れ

一

神田須田町《すだちょう》の扇問屋《おうぎ》『秀扇堂《しゅうせんどう》』は、江戸でも名高い老舗《しにせ》であり、何枚もの大名旗本家御用達《ごようたし》の金看板《きんかんばん》を掲げていた。

扇は十数度の工程を経て作られる物であり、正月や中元の進物、襲名披露、祝儀の贈物などにも使われていた。

矢吹平八郎は、繁盛《はんじょう》している扇問屋『秀扇堂』を見守った。

今朝《けさ》、平八郎の住むお地蔵長屋に口入屋の主の万吉が訪れた。

万吉は、扇問屋『秀扇堂』に割の良い仕事があると平八郎に告げた。

金に困っていた平八郎は、割の良い仕事と云う言葉に惹《ひ》かれて引き受け、神田須田町の扇問屋『秀扇堂』にやって来た。

扇問屋『秀扇堂』の割の良い仕事とは何なのか……。

給金は一日幾《いく》らなのか……。

平八郎は想いを巡らせた。だが、幾ら想いを巡らせた処で答えが見付かる筈はない。

とにかく行くしかない……。

平八郎は、深呼吸をして扇問屋『秀扇堂』に向かった。

扇問屋『秀扇堂』の番頭の忠兵衛《ちゅうべえ》は、平八郎を帳場脇の座敷に通した。

帳場脇の座敷の外には、小さな中庭があり母屋《おもや》が見えた。

「どうぞ……」

女中は、平八郎に茶を差し出して退《さ》がって行った。そして、番頭の忠兵衛が、主の文左衛門《ぶんざえもん》を連れて来た。

「矢吹さま。旦那《だんな》さまにございます」

忠兵衛は、平八郎に文左衛門を引き合わせた。

「秀扇堂文左衛門にございます」

文左衛門は、恰幅《かっぷく》の良い身体を僅かに折って白髪頭を下げた。

「矢吹平八郎です」

大店の主が、口入屋から来た一介の日傭取《ひようと》りに逢《あ》うにはそれなりの理由がある。

「で、仕事は……」

平八郎は、文左衛門を見詰めた。

「それなのですが、倅《せがれ》の安吉《やすきち》に好きな女が出来たようなのですが、どんな女なのか密かに調べて欲しいのです」

「若旦那の好きな女……」

「ええ。安吉は女好きで惚れっぽい質《たち》でして、ちょいと良い顔をされると、直ぐに自分に惚れていると勘違いをしましてね。今迄に何度も女に騙《だま》され、金を巻き上げられて来ました。ま、金で済む内はいいのですが……」

文左衛門は眉をひそめた。

「矢吹さま。旦那さまは若旦那さまが性悪女に引っ掛からないか御心配をされているのでございます」

忠兵衛は、心配げに告げた。

「うん。で、若旦那、又、女に惚れたのですか……」

「はい……」

文左衛門は頷いた。

「何処の誰ですか……」

「それが良く分からないのです」

文左衛門は吐息を洩らした。

「分からない……」

「ええ。いつもなら祝言だ所帯だと、騒ぎ立てるのですが、今度ばかりは……」

「騒ぎ立てないのですか……」

「はい。それが妙に気になりましてね」

「はあ……」

「本気なのか、それとも誰かに口止めされているのか……」

「口止め……」

平八郎は眉をひそめた。

「如何でしょう。一日一朱で若旦那さまの好きな女がどのような者か、お調べ戴《いただ》けないでしょうか……」

忠兵衛は、平八郎を窺った。

命《いのち》懸《が》けの仕事でもないのに一日一朱の仕事を断る道理はない……。

「分かりました。お引き受けします」

平八郎は引き受けた。

「忝《かたじけ》のうございます、宜しくお頼み申します」

文左衛門と忠兵衛は、安心したように頭を下げた。

「ならば、若旦那の歳は……」

「歳は二十《はたち》にございます」

文左衛門は、苛立たしげに告げた。

苛立たしさは、子を心配する親の正直な気持ちだった。

「で、女が何処の誰かは分からないのですね」

平八郎は念を押した。

「ええ……」

文左衛門は頷いた。

「で、若旦那は今……」

「先程、お起きになられまして、そろそろお出掛けになるかと……」

忠兵衛は、心配げに中庭の向こうの母屋を見詰めた。

「分かりました。じゃあ、今日から探索を始めます」

平八郎は微笑んだ。

蕎麦屋の窓からは、扇問屋『秀扇堂』の表が見えた。

平八郎は窓辺に座り、蕎麦を食べて腹拵《はらごしら》えをした。

四半刻が過ぎた。

羽織《はおり》を着た若い男が、扇問屋『秀扇堂』の横手から足早に出て来た。

若旦那の安吉……。

平八郎は、羽織を着た若い男を若旦那の安吉だと睨んだ。

安吉は、扇問屋『秀扇堂』の奉公人に気付かれるのを恐れ、足早に神田八ッ小路《やこうじ》に向かった。

父親の文左衛門や番頭の忠兵衛の眼を盗んで出掛ける……。

平八郎は、苦笑しながら蕎麦屋を出た。

番頭の忠兵衛が、扇問屋『秀扇堂』から転がるように駆け寄って来た。

「や、矢吹さま……」

「うん。今、出掛けて行った羽織の若いのが若旦那の安吉だな」

平八郎は、忠兵衛に念を押した。

「左様にございます……」

忠兵衛は頷いた。

「よし。じゃあ……」

平八郎は、安吉を追って日本橋《にほんばし》からの通りを八ッ小路に急いだ。

擦《す》れ違う娘を振り返りながら行く安吉の姿が見えた。

女好きで惚れっぽいか……。

平八郎は、苦笑しながら追った。

安吉は、八ッ小路を横切って神田川に架かっている昌平橋に向かっていた。

平八郎は、安吉との距離を一気に詰めた。

神田川の流れは煌めいていた。

安吉は、神田川に架かる昌平橋の上に佇んだ。

どうした……。

平八郎は戸惑い、昌平橋に佇んでいる安吉を見詰めた。

安吉は、神田川の煌めく流れを眩しげに見詰め、大きな溜息を洩らした。

平八郎は戸惑った。

父親の文左衛門や番頭の忠兵衛の云う通りだったら、安吉はかなりいい加減なお調子者の筈だ。だが、神田川の流れを見詰めている安吉は、真剣な面持ちで何かを思案しているかのようだった。

妙だな……。

平八郎の戸惑いは募《つの》った。

未《ひつじ》の刻八つ（午後二時）を告げる東叡山寛永寺の鐘が鳴り始めた。

安吉は、我に返ったように昌平橋を渡り、明神下の通りに進んだ。

平八郎の暮らすお地蔵長屋は、明神下の裏通りにある。

何処に行く……。

平八郎は追った。

安吉に尾行者への警戒は微塵《みじん》もない。それ以前に尾行《つけ》られると云う思いなどないのだ。

安吉は、確かな足取りで明神下の通りから妻恋坂《つまごいざか》をあがった。妻恋坂をあがった処には妻恋稲荷《いなり》と妻恋町があり、北に進めば湯島天神《ゆしまてんじん》がある。

行き先は湯島天神なのか……。

平八郎は推《お》し量った。


妻恋町の路地には、三味線《しゃみせん》の爪弾《つまび》きが洩れていた。

安吉は、湯島天神には行かず、妻恋町に進んで裏通りに曲がった。そして、裏通りの路地の奥にある板塀に囲まれた仕舞屋《しもたや》に入った。

平八郎は見届けた。

路地に洩れていた三味線の爪弾きは止まった。

三味線の爪弾きは、安吉の入った仕舞屋から洩れていたのだ。

平八郎は、板塀に囲まれた仕舞屋の様子を窺った。

板塀の木戸には、『常磐津《ときわず》教授』と書かれた小さな看板が掛けられていた。

平八郎は、板塀の周囲を検《あらた》めた。

仕舞屋の奥と左手は隣家と接し、右手の板塀には小さな裏木戸があった。そして、裏木戸を出た路地は、仕舞屋の正面の路地に続いている。

何《いず》れにしろ、仕舞屋から裏通りに出る道は路地しかない……。

平八郎は、見定めて路地を出た。

路地を出た裏通りには煙草屋《たばこ》があり、店番の老婆が退屈《たいくつ》そうに欠伸《あくび》をしていた。

平八郎は、煙草屋に入った。

「邪魔をする……」

「煙草、国分《こくぶ》しかないよ……」

老婆は、平八郎を無愛想《ぶあいそう》に迎え、刻んだ煙草を入れた紙袋を差し出した。

「煙草はいらぬ」

「じゃあ、何の用だい……」

老婆は、胡散《うさん》臭そうに平八郎を見詰めた。

「路地の奥にある常磐津の師匠《ししょう》の事を訊きたい……」

平八郎は、小粒を差し出した。

老婆は、歯のない口元を綻《ほころ》ばせて小粒を受け取った。

「なんだい……」

「常磐津の師匠、どんな人かな」

「芸者あがりの大年増《おおどしま》だよ」

「大年増……」

平八郎は眉をひそめた。

「ああ。三十歳を半《なか》ばも過ぎた大年増だよ」

「名前は……」

「おしま……」

安吉が、如何に女好きで惚れっぽい質だとしても二十歳の若者だ。三十歳半ばのおしまに惚れるだろうか。

平八郎は戸惑った。

「おしま、常磐津の弟子《でし》は多いのかな……」

「ああ。世の中には暇な隠居や若旦那が多いからね」

「で、生業《なりわい》は常磐津を教えているだけかな……」

「さあね……」

老婆は、平八郎を見詰めて意味ありげな笑みを浮かべた。

「そうか……」

強《したた》かな婆《ばあ》さんだ……。

平八郎は苦笑し、小粒をもう一つ差し出した。

老婆は、嬉しげに小粒を握り締めた。

「お侍、大きな声じゃあ云えないけど、おしまさん、噂じゃあ常磐津を教える他に女の世話もしているって話だよ」

老婆は声を潜めた。

「女の世話……」

「ああ。一夜限りの遊びの相手や囲い者の妾《めかけ》。町方の女から浪人や貧乏御家人の御武家の女。いろいろ取り揃《そろ》えてね……」

老婆は、下卑《げび》た笑みを過らせた。

おしまは、身体を売る女を抱え、男たちに世話をしているのだ。

「そんな真似《まね》をしているのか……」

平八郎は、思わず路地の奥の仕舞屋を見た。

路地の奥の仕舞屋は、板塀に囲まれてひっそりとしていた。

「隠居や旦那、常磐津を習いに来ているのか、女を買いに来ているのか……」

老婆は、歯のない口を大きく開けて笑った。

安吉の惚れた女は、そうした身体を売る女なのか……。

もし、そうだとしたなら父親の文左衛門の懸念《けねん》は、満更《まんざら》当たっていない訳でもない。

「処でおしま、男はいないのか……」

平八郎は尋ねた。

「お侍、女は幾つになっても女。いない訳ありませんよ」

老婆は、微かな悔しさを過らせた。

平八郎は、思わず怯んだ。

「そうか。いるのか……」

「ええ。中年の浪人がね……」

「おしまの男、浪人なのか……」

「ええ。時々見掛けますがね。噂じゃあ、奥方に男を世話したって怒鳴り込んで来た御家人を斬ったって話だよ」

老婆は、恐ろしそうに眉をひそめた。

「名前、分かるか……」

「服部《はっとり》左内《さない》だったと思うよ」

「服部左内か……」

浪人の服部左内は、おしまの男であり用心棒なのだ。

扇問屋『秀扇堂』の若旦那の安吉は、女を世話する常磐津の師匠おしまの家に出入りしていた。

安吉の惚れた女は、おしまに拘わりがあるのか……。

平八郎は、扇問屋『秀扇堂』文左衛門の顔を思い出し、思わず吐息を洩らした。

仕舞屋の板塀の木戸が開いた。

平八郎は、煙草屋の日陰に入った。

安吉が、木戸から出て来た。そして、重い足取りで妻恋坂に向かった。

「婆さん、造作《ぞうさ》を掛けたな。又来るよ……」

「ああ……」

老婆は、小粒を握り締めて頷いた。

平八郎は、煙草屋を出て安吉を追おうとした。

着流しの中年浪人が、仕舞屋の右手の路地から現われた。

平八郎は、咄嗟に老婆を振り返った。

「婆さん、奴が服部左内か……」

老婆は、着流しの中年浪人を一瞥した。

「ああ……」

老婆は頷いた。

着流しの中年浪人は、おしまの男で用心棒の服部左内だった。

平八郎は、服部左内を窺った。

服部左内は、安吉を追うように妻恋坂に向かった。

「じゃあ……」

平八郎は、煙草屋を後にした。

妻恋坂の上に出た安吉は、坂道を降りず湯島天神に向かった。
服部左内は、一定の距離を保って安吉の後を進んだ。
安吉を尾行ている……。
平八郎は、服部が安吉を尾行ているのを知り、慎重に追った。
安吉は、重い足取りで湯島天神門前町の盛り場に向かった。
服部は尾行し、平八郎は続いた。

湯島天神門前町の盛り場は、既に暖簾を出している飲み屋があった。
安吉は、暖簾を出している小料理屋に入った。
服部は、安吉が小料理屋に入ったのを見届けて踵《きびす》を返した。
平八郎は、去って行く服部を見送り、安吉の入った小料理屋に近付いた。
小料理屋は『梅家《うめや》』と云う屋号であり、安吉の他にも何人かの客がいるのが窺えた。
小料理屋『梅家』は、どのような者が営んでいる店なのか……。
安吉の惚れた女は、この『梅家』にいるのか……。
平八郎は、斜向かいにある蕎麦屋に入った。

蕎麦屋の窓から小料理屋『梅家』が見えた。

平八郎は、窓の障子を僅かに開けて『梅家』を見張りながら蕎麦をすすった。

「明るい内から暖簾を出している小料理屋もあるんだな……」

平八郎は、蕎麦をすすりながら亭主に声を掛けた。

「梅家ですかい……」

蕎麦屋の亭主は、帳場の傍に腰掛けて煙管《きせる》を燻《くゆ》らせた。

「うん……」

「昼間からお客もそれなりにいましてね。結構、繁盛していますよ」

「ほう。若い良い女でもいるのかい……」

平八郎は、それとなく探りを入れた。

「いえ。宗吉《むねきち》さんとおきちさんって中年の夫婦が営んでいましてね。若い女はいませんよ」

「いないのか……」

平八郎は戸惑った。

「ええ。こんな処の小料理屋ですが、酒と料理は中々のものだと専《もっぱ》らの評判でしてね」

「ほう。そうなのか……」

小料理屋『梅家』は、若い女より酒と料理で客を呼んでいる店なのだ。

「だからこの辺りじゃあ、値の張る店でしてね。馴染客は暇な隠居や小普請《こぶしん》の旦那たちが多いそうですよ」

「暇な隠居に小普請か……」

〝小普請〟とは、役目に就《つ》いていない旗本や御家人を指した。小普請組の者は、役目に就いていないだけ暇であり、内職に励んだり遊び歩いたりしていた。

「ええ……」

蕎麦屋の亭主は頷いた。

小料理屋『梅家』は、暖簾を微風に揺らして静かな商売をしていた。

二人の浪人がやって来て、小料理屋『梅家』の前に佇んだ。

平八郎は眉をひそめた。

二人の浪人の一人は大柄で無精髭《ぶしょうひげ》を伸ばし、もう一人は労咳《ろうがい》でも病《や》んでいるかのように痩《や》せていた。

食詰《くいつ》め浪人……。

平八郎は、二人の浪人の人相風体からそう睨んだ。

二人の浪人は、小料理屋『梅家』の腰高障子を開けて入った。

「珍《めずら》しいな……」

蕎麦屋の亭主は、戸惑いを浮かべた。

「梅家に来るような客じゃあないか……」

平八郎は、蕎麦屋の亭主の戸惑いを読んだ。

「ええ。何しに来たのか……」

蕎麦屋の亭主は眉をひそめた。

不意に小料理屋『梅家』の腰高障子が開き、突き飛ばされた安吉が悲鳴をあげて地面に倒れ込んだ。

二人の浪人が、小料理屋『梅家』から現われ、安吉を乱暴に引き摺《ず》り起こした。

平八郎は、二人の浪人が安吉に用があって小料理屋『梅家』に来たのを知った。

二

安吉は抗《あらが》った。

「生意気《なまいき》に、大人しくしろ……」

二人の浪人は、抗う安吉を殴り蹴った。

安吉は、頭を抱えて悲鳴をあげた。

小料理屋『梅家』から前掛をした宗吉おきち夫婦と客が、心配と怯えの入り混じった顔で見守った。そして、近所の者や通行人たちが恐ろしげに遠巻きにした。

二人の浪人は、顔を血と泥と涙に汚した安吉を引き摺って行こうとした。

平八郎は、安吉を引き摺る二人の浪人の前に佇んだ。

「退け……」

大柄で無精髭の浪人が、険しい眼で平八郎を睨み付けた。

「嫌がっている者を無理矢理何処に連れて行くのだ……」

平八郎は、小さな笑みを浮かべて無精髭の浪人を見据えた。

「黙れ、手前の知った事じゃあねえ。邪魔をすると痛い目に遭《あ》うぜ」

無精髭の浪人は凄《すご》んだ。

「そいつはどうかな……」

平八郎は、無精髭の浪人に嘲笑《ちようしよう》を浴びせた。

「おのれ……」

無精髭の浪人は、平八郎に殴り掛かった。

平八郎は、無精髭の浪人の殴り掛かって来た腕を取り、鋭い投げを打った。

無精髭の浪人は見事な弧を描き、地面に激しく叩き付けられた。

土埃《つちぼこり》と無精髭の浪人の呻きと見守る人々のどよめきが巻き上がった。

痩せた浪人は、平八郎に対して抜き打ちの構えを取った。

「抜くか……」

平八郎は、痩せた浪人に向き直った。

痩せた浪人は、刀の鯉口《こいぐち》を切った。

「抜けば、只では済まぬぞ……」

平八郎は、痩せた浪人を厳しく見据えた。

痩せた浪人は、微かに怯んだ。

平八郎は刀の柄を握り、僅かに腰を沈めて抜き打ちの構えを取った。

痩せた浪人は、平八郎の剣の腕を素早く値踏みした。そして、直ぐに見定め、身を翻して見守る人々に向かった。

見守る人々は、慌てて道を空けた。

痩せた浪人は、足早に通り抜けた。

「待ってくれ……」

無精髭の浪人が、足を引き摺って痩せた浪人に続いた。

見ていた人々は安堵の吐息を洩らし、安吉に哀れみの一瞥を与えて散った。

「大丈夫か……」

平八郎は、倒れている安吉を助け起こした。

「は、はい。お陰さまで助かりました。ありがとうございました……」

安吉は、平八郎に頭を下げた。

「なに、礼には及ばぬ」

「さあ、若旦那、傷の手当てを……」

小料理屋『梅家』の女将のおきちが、安吉を店に誘《いざな》った。

「お侍さんもどうぞ……」

主の宗吉は、平八郎を招いた。

「そうか……」

安吉に面が割れた今、尾行《つけ》廻すより懐《ふところ》に入り込むのが上策……。

平八郎はそう決め、小料理屋『梅家』に入った。

小料理屋『梅家』の奥には小部屋があった。

宗吉とおきちは客たちを帰し、安吉を小部屋に落ち着かせて傷の手当てをした。

傷の殆《ほとん》どは掠《かす》り傷であり、骨にも変わった様子はなかった。

「骨も大丈夫だな……」

平八郎は見立てた。

「そうですか……」

安吉は、安心したように頷いた。

「どうぞ……」

宗吉が、平八郎と安吉に茶を差し出した。

「こいつは済まぬ……」

平八郎は、茶をすすった。

「処で奴らは何者だ」

平八郎は安吉に尋ねた。

「さあ、存じません……」

「知らぬ……」

平八郎は眉をひそめた。

「はい」

「お侍さん、彼奴《あいつ》らは入って来るなり、若旦那に顔を貸せと云いましてね。若旦那が嫌だと云ったらあの騒ぎですよ」

宗吉は腹立たしげに云い、おきちは頷いた。

「問答無用か……」

「ええ。本当に酷《ひど》い奴らですぜ」

宗吉は、怒りを過らせた。

「じゃあ若旦那、奴らに何処かに連れて行かれる心当たりはないのか……」

「心当たりですか……」

安吉は、微かな緊張を滲ませた。

「うむ」

安吉に心当たりはある……。

平八郎は睨んだ。

「さあ、ありませんが……」

安吉は、言葉を濁《にご》した。だが、濁した言葉は微かに震えた。

下手《へた》な嘘だ……。

安吉は、下手な嘘をついてでも話したくないらしく惚《とぼ》けたのだ。

「そうか……」

「すみません……」

安吉は詫《わ》びた。

「いいや。だがな若旦那、彼奴らはこれで引き下がるとは思えぬ」

平八郎は苦笑した。

「えっ……」

安吉は戸惑った。

「おそらく奴らは、誰かに金で雇われてお前さんを何処かに連れ去ろうとした。金を貰った限り、何度でもお前さんを狙う筈だ」

平八郎は脅《おど》した。

「そ、そんな……」

安吉は、恐怖に衝《つ》き上げられて顔を歪《ゆが》めた。

「金で引き受けた限り、最後迄やり遂《と》げないと、俺たち浪人に次の仕事はない……」

平八郎は、自嘲の笑みを浮かべた。

安吉は、激しく震え出した。

平八郎は、茶を飲み干した。

「馳走《ちそう》になったな……」

平八郎は、宗吉に礼を云って小部屋を出ようとした。

「わ、若旦那……」

「いいんですか……」

宗吉とおきちは焦った。

「ま、待って下さい」

安吉は、平八郎を呼び止めた。

「なんだ……」

「よ、用心棒になっては戴けませんか……」

「用心棒……」

「はい……」

「しかし、何も分からず用心棒になる訳にもいかぬしな……」

平八郎は勿体《もったい》ぶった。

「話します。何もかもお話ししますので、どうかお願いします」

聞きたかった言葉を漸《ようや》く云わせた……。

平八郎は、密かに喜んだ。

「そうか。で、給金は一日幾らだ……」

平八郎は、安吉の父親の文左衛門から一日一朱の給金で雇われている。だが、只で用心棒に雇われる訳にもいかない。

平八郎は、素浪人らしく金に拘《こだわ》ってみせた。

「先ずはこれだけお渡しします」

安吉は、財布から一両小判を出して平八郎に差し出した。

一両小判……。

平八郎は驚いた。久し振りに見る小判の輝きに眼が眩《くら》み、舞い上がりそうになった。

平八郎は必死に堪えた。

「足りませんか……」

安吉は、心配げに平八郎の顔を覗き込んだ。

「いや。一両は多いし、今は釣《つ》りがないぞ……」

平八郎は、動揺を懸命に隠した。

「お釣りは後で結構です。用心棒をお引き受け下さいますか」

「そうか。釣りは後で良いか……」

「はい。如何ですか……」

「う、うん。ならば用心棒、引き受けよう」

平八郎は、小判を手にした。

「ありがとうございます」

安吉は、安心したように頭を下げた。

「良かったですね、若旦那……」

宗吉とおきちは喜んだ。

「よし。じゃあ仔細《しさい》を聞かせて貰おう。亭主、酒を頼む……」

平八郎は張り切った。


小料理屋『梅家』の亭主の宗吉は、かつては扇問屋『秀扇堂』の台所を預かっていた板前だった。そして、女中だったおきちと所帯を持ち、小料理屋を始める事にした。旦那の文左衛門は目出度《めでた》いと喜び、多額の祝儀を包んでくれた。

宗吉とおきちは、小料理屋『梅家』を始める為に作った借金を祝儀で返済した。

安吉は、宗吉おきち夫婦にとって恩義ある扇問屋『秀扇堂』の若旦那なのだ。

平八郎は、宗吉とおきち夫婦が安吉に肩入れする理由を知った。

「で、あの二人の食詰め浪人、どのような者なのだ」

平八郎は尋ねた。

「きっと、恋敵《こいがたき》に頼まれた者かと思います」

安吉は告げた。

「恋敵……」

平八郎は眉をひそめた。

「はい。私には一目惚れをした娘がおりまして、その娘にお旗本の若さまが言い寄っているのでございます」

「ならばあの浪人共、その旗本の若さまに金で雇われた者だと云うのか……」

「はい。きっと……」

安吉は、喉を鳴らして頷いた。

「で、その若さま、何処の何と云う旗本の若さまなんだ」

「そこ迄は……」

安吉は首を捻った。

「分からないのか……」

「はい……」

安吉は頷いた。

どう云う事だ……。

平八郎は戸惑った。

恋敵が旗本の若さまだと知りながら、詳しい素性が分からないのに戸惑わずにはいられなかった。

「じゃあ、安吉が一目惚れした娘ってのは……」

「おちよちゃんって娘です」

「おちよ……」

安吉の惚れている女の名が、漸く分かった。

「はい……」

「おちよは、どんな娘なのだ……」

「歳は十八ぐらいでしてね。そりゃあ気立てが良くて色白で、笑窪《えくぼ》の可愛《かわい》い娘です」

安吉は、夢見るような眼差しで告げた。

「安吉、俺の知りたいのはおちよの素性だ」

平八郎は苦笑した。

「ああ。素性ですか……」

「うん……」

「おちよちゃんは、柳橋《やなぎばし》の船宿の娘です」

「何て屋号の船宿だ……」

「さあ、そこ迄は存じません」

「知らない……」

「はい」

「じゃあ、おちよは安吉をどう思っているのかな……」

「それは未だ……」

安吉は、首を横に振った。

「聞いていないのか……」

「はい……」

安吉は、一目惚れをした相手の娘の事を殆ど何も知らないのだ。

「だったら何故、恋敵の旗本の若さまの事を知ったのだ」

「それは、お師匠さんが……」

「お師匠さん……」

「はい。矢吹さま、私は常磐津のお師匠さんの処に出入りしていましてね……」

妻恋町の常磐津の師匠、おしまの事だ。

「おちよちゃんとは、そこで出逢って一目惚れをしたのでございます」

「じゃあ、おちよや恋敵の旗本の若さまの事は、常磐津の師匠に聞いたのか……」

「はい。常磐津のお師匠さんが、おちよちゃんには言い寄っている旗本の若さまがいるから気を付けろと……」

「そうか……」

平八郎は、微かなわだかまりを感じた。しかし、その微かなわだかまりが何かは、はっきりしたものではなかった。

いずれにしろ、安吉は柳橋の船宿の娘のおちよに惚れた。そして、恋敵の旗本の若さまに狙われている。

それが、安吉の置かれている情況なのだ。

「で、若旦那はどうしたいのだ……」

「そりゃあ、おちよちゃんと所帯を持ちたいと思っています。ですから、常磐津のお師匠さんに何て船宿か教えて下さいとお願いしているのですが……」

「教えてくれないのか……」

「はい。諦めた方が良いと……」

安吉は、哀しげに肩を落とした。

平八郎は、男に女の世話をしている常磐津の師匠のおしまが諦めさせようとしているのに違和感を覚えた。そして、おしまの男である浪人の服部左内は、何故に安吉を尾行たのか分からない。

考えられる事は、安吉が柳橋に行き、おちよの実家の船宿を探すかどうかを見定めようとしたのかもしれない。

「ですが矢吹さま、私は諦め切れないのです」

安吉は、今にも泣き出しそうな面持ちで平八郎を見詰めた。

「矢吹の旦那、手前共も若旦那の一途《いちず》な想い、何とか叶《かな》えられないかと思いましてね。どうか宜しくお願いします」

宗吉とおきちは、平八郎に深々と頭を下げて頼んだ。

「いずれにしろ、おちよの実家と恋敵の旗本の若さまが何処の誰かだ。よし、若旦那は此処にいろ。俺はちょいと柳橋に行ってくる」

「じゃあ、おちよの実家の船宿を……」

「うん。探してみる」

平八郎は立ち上がった。

湯島天神門前町から柳橋は遠くはない。

平八郎は、神田川沿いを進んで浅草《あさくさ》御門に差し掛かった。

神田川に架かる浅草御門は、南に両国広小路《りょうごくひろこうじ》があり、北には浅草広小路に続く蔵《くら》前《まえ》の通りがある。

平八郎は、蔵前の通りを横切って神田川沿いを尚も進んだ。

行く手に柳橋が見えて来た。

神田川は、柳橋を潜って大川《おおかわ》に流れ込んでいる。

〝柳橋の船宿〟とは、浅草御門前から柳橋辺り迄の平右衛門町《へいえもんちょう》にある船宿を称した。

平八郎は、手近な船宿に入っておちよと云う娘がいるかどうか尋ねた。

その船宿に、おちよと云う娘はいなかった。

平八郎は、軒を連ねている船宿を捜《さが》し歩いた。だが、おちよと云う娘は、どの船宿にもいなかった。

神田川の流れは夕陽に煌めいた。

平八郎は柳橋に佇んだ。

柳橋には、南にある両国広小路の賑わいが流れて来ていた。

おちよは、何処の船宿にもいない……。

平八郎は困惑した。

おちよは、本当に柳橋の船宿の娘なのだろうか……。

そうした想いが、不意に衝き上げた。

「おう。平八郎の旦那じゃあねえか……」

岡っ引の駒形の伊佐吉が、下っ引の亀吉を従えて両国広小路から柳橋を渡って来た。

「伊佐吉の親分か……」

「どうした、女に振られたような面《つら》して……」

平八郎と伊佐吉は同じ歳であり、身分に拘《かか》わりのない付き合いをしており、遠慮《えんりょ》はなかった。

「うむ。人を捜しているんだが、見付からなくてな……」

「人捜しか……」

平八郎は、柳橋の船宿のおちよと云う娘を捜していることを告げた。

「捜してもいないとなると、本当に柳橋の船宿の娘なのか……」

伊佐吉は、平八郎を一瞥した。

「まあ、そう聞いているんだが……」

「よし。一緒に来な……」

伊佐吉と亀吉は、平八郎を伴って平右衛門町の自身番に向かった。

神田川は夕暮れに覆われ、荷船の櫓《ろ》の軋みが甲高く響いた。

平右衛門町の自身番の店番は、町内の名簿を調べた。

「親分、何度見てもおちよなんて娘のいる船宿はないね」

店番は眉をひそめた。

「そうですかい。御造作をお掛け致しました」

「役に立たなくて済まなかったね」

「いいえ。じゃあ御免なすって……」

伊佐吉は、平八郎を促して自身番を出た。


「ああ……」

「聞いての通りだぜ」

伊佐吉は眉をひそめた。

「うん……」

自身番の町内名簿に載っていなくても、無宿として暮らしている者もいる。

〝無宿〟とは、江戸の人別帳に記載されていない者を云い、田舎《いなか》か他の処に原籍はある。

〝無宿者〟とは、人別帳から除外され、原籍を失った者を称した。だが、若い娘が無宿で暮らしているとは考えにくい。

「親分……」

亀吉が、自身番の向かい側にある木戸番屋から出て来た。

「どうだった……」

「木戸番の父っつあん、おちよなんて娘のいる船宿、知らないそうです」

亀吉は告げた。

木戸番は町に雇われ、木戸の番と夜廻りが主な仕事だが、時には捕物の手伝いなどもしていた。

「そうか……」

町内の夜廻りが主な仕事の木戸番は、町内と住んでいる者にも詳しかった。その木戸番が知らないとなると、おちよと云う娘のいる船宿はないのかもしれない。それ以上に、おちよはいなく、該当《がいとう》する船宿もないのかもしれない。

平八郎は想いを巡らせた。

「おちよ、どんな様子の娘なんだい……」

「歳は十八ぐらい、気立てが良くて色白で、笑窪の出来る可愛い娘だそうだ」

「分かった……」

「捜してくれるのか……」

「誰かが、船宿の娘を装《よそお》って何かを企んでいるかもしれないからな」

伊佐吉は、岡っ引らしい睨みをみせた。

「ま、良い。捜してくれると大助かりだ」

平八郎は苦笑した。

三

夜の八ッ小路に行き交う人は少なかった。

平八郎は、小料理屋『梅家』に待たせておいた安吉を扇問屋『秀扇堂』に送って行く事にした。

「そうですか、柳橋におちよって娘のいる船宿はありませんでしたか……」

安吉の困惑は続いていた。

「うん。だが、もう少し詳しく調べてみる」

平八郎は、安心させるように告げて周囲を油断なく窺った。

見詰める視線がある……。

平八郎は、尾行て来る者の気配を感じた。

視線は、安吉を伴って湯島天神門前町の小料理屋『梅家』を出た時から続いていた。

「宜しくお願いします」

「うん……」

平八郎は、安吉を連れて昌平橋を渡り、八ツ小路を横切って神田須田町の扇問屋『秀扇堂』に急いだ。

安吉は、扇問屋『秀扇堂』に入って行った。

平八郎は見届け、八ッ小路に戻った。
見詰める視線は消えずに付いて来る。
尾行る相手は俺……。
平八郎は見定め、八ッ小路から柳原《やなぎわら》通りに進んだ。
尾行者は、夜の闇を微かに揺らして追って来る。
かなりの遣い手だ……。
昼間、安吉を連れ去ろうとした二人の浪人ではない。
平八郎は睨んだ。そして、尾行に気付かぬ振りをして柳原通りを両国に向かった。
神田川沿いの柳原通りは、夜風に揺れる柳並木が月明かりに浮かんでいた。
平八郎は、柳原通りを進んだ。
柳原通りは両国広小路に続く道であり、提灯《ちょうちん》の明かりが所々で揺れていた。
平八郎は、両国広小路に向かった。
視線は続いて来る。
行く手に和泉橋《いずみばし》が近付いた。
平八郎は、不意に和泉橋を渡った。そして、和泉橋の北詰の暗がりに潜み、尾行て来る筈の男を待った。

和泉橋の南詰に人影が浮かんだ。

尾行者……。

平八郎は、夜の闇を透《す》かして人影を見た。

人影は、塗笠《ぬりがさ》を被った着流しの侍だった。

顔は分からぬ……。

平八郎は、塗笠を被った着流しの侍が和泉橋を渡って来るのを待った。

塗笠を被った着流しの侍は、和泉橋の南詰に佇んで北詰を窺っていた。

平八郎は気配を消し、和泉橋の北詰の暗がりに潜んで待った。

神田川の流れに月影は揺れた。

塗笠を被った着流しの侍は、不意に踵を返して和泉橋の南詰から立ち去った。

平八郎が、北詰に潜んでいるのに気付いたのだ。

見破られた……。

平八郎は、和泉橋の南詰に走り、柳原通りに出た。そして、塗笠を被った着流しの侍の姿を辺りに捜した。

塗笠を被った着流しの侍は、何処にもいなかった。

平八郎は、見詰める視線を探した。しかし、見詰める視線は何処にも窺えなかった。

塗笠を被った着流しの侍は、平八郎の尾行を止めて消え去ったのだ。

かなりの手練《てだ》れ……。

平八郎は、塗笠を被った着流しの侍をそう睨んだ。

扇問屋『秀扇堂』の若旦那・安吉の岡惚れは、只の惚れた腫《は》れただけではなく裏にいろいろあるようだ。

平八郎は、厳しさを滲ませた。

夜風が吹き抜け、柳原通りの柳並木の緑の枝を大きく揺らした。

神田明神門前の居酒屋『花や』は、相変わらず賑わっていた。

「いらっしゃい……」

平八郎は、女将のおりんに迎えられた。

「今夜も繁盛だな」

「お陰さまで。お待ち兼ねですよ」

おりんは、店の隅を示した。

長次が、手酌で酒を飲んでいた。

「酒と肴を頼む……」

「お腹、空いているの……」

「まあな……」

平八郎は苦笑し、長次の許に向かった。

「やあ……」

「どうぞ……」

長次は、向かい側に座った平八郎に徳利を差し出した。

平八郎は、用意されていた猪口を取り、長次の酌で酒を飲んだ。

「親分に聞きましたよ」

「そうですか……」

「お手伝いする事があれば……」

長次は、手酌で酒を飲んだ。

「そいつはありがたい……」

平八郎は微笑んだ。

「おまちどおさま……」

おりんが、酒と里芋の煮物などを持って来た。

「うん……」

平八郎は、徳利を取って長次に酌をした。

「畏れいります……」

「実はね、長次さん……」

平八郎は、手酌で酒を飲みながら安吉の話をし始めた。

居酒屋『花や』は、楽しげな笑い声に溢《あふ》れていた。

「へえ、若旦那の岡惚れ、只の岡惚れじゃありませんか……」

長次は、眉をひそめて酒を飲んだ。

「ええ。船宿の娘のおちよ、恋敵の旗本の若さま、どちらも常磐津の師匠のおしまから出ているのが気になります」

「そして、おしまの男の浪人の服部左内ですか……」

「ええ……」

平八郎は、手酌で酒を飲んだ。

「もし、おしまが男に女を世話をしているって噂が本当だとしたら、おちよもその辺に拘わりがあるかもしれませんよ……」

長次は、厳しい睨みをみせた。

「だから、おちよの身許を偽《いつわ》っているか……」

平八郎は眉をひそめた。

「ええ。そして、若旦那の安吉がおちよの身許を突き止め、噂が本当だと露見するのを恐れ、何かと邪魔をしようとしている……」

長次は読んだ。

「もし、そうだとすると、恋敵の旗本の若さまってのは、安吉に手を引かせる為の只の脅しなのかも……」

平八郎は睨んだ。

「ええ……」

長次は頷いた。

「安吉の岡惚れ、思わぬものを引き摺り出すのかもしれませんね……」

平八郎は苦笑した。

地蔵尊の頭は、朝陽を受けて光り輝いていた。

平八郎は手を合わせ、光り輝く地蔵尊の頭を撫でてお地蔵長屋の木戸を出た。

明神下の通りは、朝の忙しさを映すように人が足早に行き交っていた。

平八郎は、神田川に架かる昌平橋を渡り、八ッ小路を横切って神田須田町の扇問屋『秀扇堂』に急いだ。


扇問屋『秀扇堂』には客が訪れていた。

平八郎は、帳場の傍の座敷に通された。そして、女中の出してくれた茶をすすっている時、主の文左衛門と番頭の忠兵衛が現われた。

平八郎は、文左衛門や忠兵衛と朝の挨拶を交わし、安吉の岡惚れした女は柳橋の船宿の娘だと告げた。

「柳橋の船宿の娘……」

文左衛門は眉をひそめた。

「ええ。それで……」

平八郎は、船宿の娘の正体が分からない事を教えた。

「じゃあ、本当は船宿の娘ではないのかもしれないのですか……」

文左衛門と忠兵衛は戸惑った。

「ええ……」

平八郎は頷き、安吉の昨日の動きを語って聞かせた。

文左衛門と忠兵衛は、安吉が二人の浪人に襲われたと聞いて激しく狼狽《うろた》えた。

「ま。浪人共は私が追っ払ったが……」

「それはそれは、ありがとうございました」

文左衛門と忠兵衛は、平八郎に感謝の眼差しを向けた。

「処が困った事が起きた……」

平八郎は眉をひそめた。

「困った事……」

文左衛門は、不安げに平八郎を窺った。

平八郎は、一両小判を差し出した。

「これは……」

文左衛門と忠兵衛は、一両小判と平八郎を怪訝に見比べた。

「うむ。若旦那がこいつで私を用心棒に雇いたいと言い出しましてね。ま、若旦那に顔も知られた限り、密かに動く訳にもいかず、張り付いた方が良いと見定めて引き受けたのだが、既に旦那に雇われているのは内緒にして置いた方が良いと思い、取り敢えず受け取った一両。事が片付いたら若旦那に返して戴きたい」

「矢吹さま、それには及びません。私は安吉の惚れた女を調べて戴きたくてお雇いした迄、安吉は己の命を護る用心棒。どうか、そのままお受け取り下さって、安吉の命を護ってやって下さい。お願いします」

文左衛門は頼み、忠兵衛は深々と頭を下げた。

「しかし、二重取りのような気がして……」

平八郎は迷い、躊躇《ためら》った。

「いいえ。そんな事はございません。その代わり矢吹さま、手前共が頼んだと云う事を安吉に知られぬよう、くれぐれも宜しくお願い致します」

「それはもう……」

平八郎は頷いた。


妻恋町の常磐津の師匠おしまの家には、大店の隠居や若旦那風の男たちが出入りしていた。

長次は、裏通りの煙草屋から路地奥のおしまの家を見張っていた。

「茶が入ったよ……」

煙草屋の老婆は、長次に茶を持って来た。

「すまねえな……」

「なあに、大枚一分をくれた上に店番迄してくれるなんて願ったり叶ったりだ。さあ、お前さんのくれた土産《みやげ》の団子、美味《おい》しそうだよ」

老婆は、歯のない口を綻ばせて土産の団子の包みを開いた。

長次は苦笑し、茶をすすった。

「親分、おしまの噂、やっぱり本当なのかい」

老婆は、団子を頬張りながらおしまの家を示した。

「そいつを見定めるんだが、婆さん、俺はお前さんの甥《おい》っ子だ。くれぐれも間違えるんじゃあない」

「ああ、そうだった。あんたは私の甥っ子の長次だった。歳を取ると忘れっぽくなっちまってねえ……」

老婆は、歯のない口を開けて大声で笑った。

長次は、茶をすすりながら路地奥のおしまの家を見張った。

扇問屋『秀扇堂』は、客の出入りが絶えなかった。

番頭の忠兵衛たち奉公人は、忙しく客の相手をしていた。

若旦那の安吉が、裏手から足早に出て来て八ッ小路に向かった。

追う者はいるか……。

平八郎は、安吉を追う者を探した。しかし、追う者はいなかった。

安吉は、怯えたように辺りを見廻しながら進んだ。

平八郎は、行き交う人々に紛《まぎ》れて安吉を追った。

安吉を狙う者は現われるか……。

平八郎は、油断なく辺りを窺いながら安吉を追った。


八ッ小路には大勢の人が行き交っていた。

安吉は、八ッ小路を横切って昌平橋の袂《たもと》に佇んだ。そして、人待ち顔で辺りを見廻した。

平八郎は見守った。

安吉は、昨夜の帰り道で平八郎と打ち合わせた通りに動いている。

四半刻が過ぎた。

襲う者が現われる気配はない。

これ迄だ……。

平八郎は、見切りを付けて安吉の許に向かった。

安吉は、平八郎に気が付いて安心したような笑みを浮かべた。

「御苦労だったな……」

平八郎は労った。


長次は、煙草屋から路地奥の板塀に囲まれた仕舞屋を見張り続けた。

塗笠を被った着流しの浪人が、仕舞屋の右手から出て来た。

おしまの情人の服部左内……。

長次は睨んだ。

服部左内は、煙草屋にいる長次を気にも留めず、妻恋坂に向かって行った。

「婆さん、ちょいと出掛けて来るぜ」

長次は、奥の居間にいる老婆に声を掛けて服部を追った。

「あいよ……」

老婆の威勢の良い返事がした。

服部左内は、塗笠を目深に被って妻恋坂に向かった。

長次は追った。

妻恋坂を下る服部は、ゆったりとした足取りで隙《すき》は窺えなかった。

服部左内はかなりの遣い手、呉々《くれぐれ》も無理は禁物……。

長次は、平八郎の言葉を思い出した。

服部は坂道を下った。

長次は、慎重に追った。


連なる船宿の船着場では、船頭たちが屋根船や猪牙舟《ちょきぶね》の手入れをしていた。

平八郎は安吉を伴い、船宿の奉公人に十八歳程の娘がいないか訊き歩いた。

おしまは、おちよを柳橋の船宿の娘だと安吉に云った。それは、おちよが柳橋の船宿と何らかの拘わりがあるからだ。

平八郎はそう睨み、柳橋にある船宿の奉公人におちよと思われる娘を改めて捜した。だが、おちよらしい娘は容易に浮かばなかった。

平八郎と安吉は、柳橋に佇んで一息ついた。

「矢吹の旦那、おしまさん、嘘をついたんですかね」

安吉は困惑した。

「きっとな……」

平八郎は頷いた。

「でも、どうして……」

「さあな……」

平八郎は言葉を濁した。

「平八郎さん……」

柳橋の袂に亀吉が現われ、平八郎を呼んだ。

「若旦那、ちょいと此処で待っていてくれ」

平八郎は、安吉を柳橋に残して亀吉の許に近付いた。

「どうした……」

「そこの若村《わかむら》って船宿に忙しい時だけ手伝いに来る娘がいましてね」

亀吉は、伊佐吉に命じられておちよを捜していたのだ。

「おちよか……」

「そいつが、おさよって名前でしてね」

「おちよではないのか……」

平八郎は落胆した。

「ええ。ですが、歳の頃は十七、八。色白で笑うと笑窪の出来る可愛い娘だそうです」

亀吉は、自信ありげに告げた。

「そうか……」

所詮《しょせん》、名前や歳は幾らでも誤魔化《ごまか》せる。だが、色白で笑うと笑窪が出来るのは、誤魔化しようがない。

平八郎は、亀吉の自信を信じた。

「そのおさよ、今、何処にいる……」

「今日、若村には来ちゃあいませんが、家は元鳥越《もととりごえ》です」

元鳥越町は、柳橋から蔵前の通りに出て浅草広小路に行く途中にあり、遠くはない。

「案内して貰えるか……」

「勿論……」

亀吉は笑った。

「ありがたい。若旦那……」

平八郎は、柳橋に待たせておいた安吉を呼んだ。

妻恋坂を下って明神下の通りに出た服部左内は、播磨《はりま》国林田《はやしだ》藩江戸上屋敷の脇の道に入り、東に進んだ。

長次は、慎重に尾行た。

このまま東に進めば、御徒町《おかちまち》になり浅草三味線堀に出る……。

長次は、服部の行き先に思いを馳《は》せた。

服部左内は、三味線堀の船着場に向かった。

船着場には、安吉を連れ去ろうとした無精髭の浪人と痩せた浪人が待っていた。

扇問屋『秀扇堂』の若旦那を連れ去ろうとした浪人たち……。

長次は気付いた。

服部は、無精髭の浪人と痩せた浪人と言葉を交わし、三味線堀から流れる新堀川《しんぼりがわ》に架かる転軫橋《てんじんばし》を渡って尚も東に向かった。

おさよの住む長屋は、新堀川沿いの元鳥越町にあった。

長屋は洗濯などの時も過ぎ、静けさに覆われていた。

平八郎は安吉を伴い、亀吉の案内で長屋の木戸に入った。

「此の長屋の奥の家だそうですぜ」

亀吉は、長屋の奥の家を示した。

安吉は、困惑した面持ちで長屋を見廻した。

「おさよの顔、それとなく拝《おが》めないかな……」

平八郎は、亀吉に告げた。

「やってみますよ……」

亀吉は引き受け、木戸を出て長屋の奥の家に向かった。

平八郎は、安吉と共に木戸の陰で見守った。

「矢吹の旦那……」

安吉は、不安を過らせた。

「若旦那、今はおさよの顔を見定めるだけだ。良いな……」

平八郎は、安吉に念を押した。

「はい……」

安吉は、喉を鳴らして頷き、真剣な面持ちで奥の家を見詰めた。

おさよがおちよであり、おしまの噂の裏稼業と拘わりがあるとしたら……。

平八郎は、厳しさを滲ませずにはいられなかった。

四

亀吉は、奥の家の腰高障子を静かに叩いた。

若い女が返事をし、腰高障子を開けた。

煎《せん》じ薬の匂《にお》いが微かに漂った。

「やあ。忙しい処をすまない。ちょいと聞きたい事があってね」

「何でしょうか……」

若い女は、色白の顔に戸惑いを浮かべた。

「はい。この長屋に伊佐吉さんって人はいませんかね……」

亀吉は、己の身体を脇に寄せて長屋を見廻した。

「伊佐吉さんですか……」

若い女は、戸惑った面持ちで戸口から長屋を見た。

若い女の戸惑った顔が、奥の家の戸口に見えた。

「あっ……」

安吉は、若い女の顔を見て眼を瞠《みは》った。

「おちよか……」

平八郎は尋ねた。

「はい。おちよちゃんです……」

安吉は、眼を輝かせて嬉しげに頷いた。

おさよは、安吉が岡惚れしたおちよに間違いなかった。

平八郎は、己の睨みが常磐津の師匠であるおしまに纏《まつ》わる噂に近付いたのを感じた。

「そうですか。伊佐吉さん、いませんか……」

亀吉は、肩を落として見せた。

「ええ。此処にはいないと思いますよ」

おさよは、気の毒そうに眉をひそめた。

「分かりました。他の長屋を当たってみます。御造作をお掛けしました」

亀吉は、笑顔で礼を述べた。

「いいえ。お役に立てませんで……」

おさよは微笑んだ。両頬に小さな笑窪が出来た。

新堀川は浅草御蔵の南から大川に続く川であり、流れは浅草東本願寺《ひがしほんがんじ》からのものと三味線堀からのものがある。

元鳥越町の南を流れる新堀川は、三味線堀からのものだった。

平八郎は、亀吉や安吉と新堀端にある甘味処《かんみどころ》に入った。

「色白で、笑うと両頬に笑窪が出来たか……」

「へい……」

亀吉は、茶を飲みながら頷いた。

「可愛い笑窪だったでしょう……」

安吉は、汁粉《しるこ》を食べながら嬉しげに笑った。

「えっ、ええ……」

亀吉は、安吉の場違いの喜びに苦笑した。

「若旦那、これで、おちよはおさよが名を偽っての女だったのが分かった。こいつは裏にいろいろありそうだ」

平八郎は、厳しい面持ちで告げた。

「裏にいろいろですか……」

安吉は戸惑った。

「うむ。だから、おちよの事は忘れた方がいいかもしれないな」

「忘れるなんてとんでもありませんよ」

安吉は驚いた。

「しかしな、若旦那。おさよがおちよと名を偽って何かをしていたのは、他人に知られたくないからだ。そいつが何かは分からないが、本当におさよに惚れているのなら、そっとしておいてやるべきじゃあないかな……」

平八郎は、安吉が真相を知って激しい衝撃を受けるのを心配した。

「本当に惚れているならですか……」

安吉は、平八郎の言葉を噛み締めた。

「うむ……」

平八郎は頷いた。

安吉は、哀しげに項垂《うなだ》れた。

「平八郎さん、おさよの家から微かに煎じ薬の匂いがしましたよ……」

亀吉は眉をひそめた。

「煎じ薬の匂い……」

「ええ……」

「その辺におさよが名を偽っていた理由があるのかもしれぬ。よし、若旦那、俺はおさよが何故、おちよと名を偽ったのか探ってみる。一足先に梅家に行って待っていてくれ」

「はい……」

安吉は頷いた。

「亀吉さん、梅家は湯島天神門前町だ。送ってやってくれ」

「承知……」

亀吉は頷いた。

「じゃあ……」

平八郎は、勘定を払って甘味処を後にした。

新堀川の流れは穏《おだ》やかだった。

平八郎は、新堀端をおさよの住む長屋に向かった。

行く手の辻から三人の浪人が現われた。

服部……。

平八郎は、思わず立ち止まった。

三人の浪人は、服部と無精髭の浪人と痩せた浪人だった。

三人が一緒にいる処をみると、無精髭の浪人と痩せた浪人が安吉を連れ去ろうとしたのは、服部の仕組んだ事なのだ。

辻から長次が続いて現われ、服部たち三人の浪人を追って行った。

長次さん……。

平八郎は、長次が服部たちを尾行ているのに気付いた。

服部左内は、無精髭の浪人と痩せた浪人を伴って長屋の木戸の陰に入った。

何をする気だ……。

長次は、微かな緊張を覚えた。

服部は、無精髭の浪人と痩せた浪人に奥の家を示しながら何事かを命じた。

無精髭の浪人と痩せた浪人は、服部の言葉に頷いて長屋の奥の家に向かった。

服部は木戸の陰に残り、辺りを鋭く窺った。

長次は、素早く路地に隠れた。

おさよは戸惑った。

「お師匠さんが……」

「ああ。用があるから直ぐ来てくれとの事だ」

痩せた浪人は、戸惑うおさよに告げた。

「でも、今日は……」

おさよは、家の中を気にして躊躇った。

「大事な用だそうだ……」

痩せた浪人は押した。

「は、はい。じゃあ、ちょっとお待ち下さい」

おさよは、家の中に入った。

無精髭の浪人と痩せた浪人は、木戸にいる服部を振り返って嘲りを浮かべた。

服部は苦笑した。

長次は路地に潜み、長屋の木戸の陰にいる服部を見守った。

「長次さん……」

平八郎が囁《ささや》いた。

「平八郎さん……」

長次は、背後に現われた平八郎に戸惑った。

「おちよの暮らしている長屋です」

平八郎は、長屋を示した。

「おちよの……」

「ええ。尤《もっと》もおちよってのは偽名でおさよってのが本名です」

「じゃあ、服部たちはおさよに用があって来たんですか……」

「おそらく。それから後の二人の浪人は、若旦那の安吉を連れ去ろうとした奴等です」

「じゃあ、まさかおさよを……」

長次は眉をひそめた。

「かもしれません……」

平八郎は、厳しさを滲ませた。

長屋の木戸から服部が出て来た。

平八郎と長次は、路地の奥に身を潜めた。

服部は、新堀端に向かった。そして、おさよを連れた無精髭の浪人と痩せた浪人が、長屋から出て来て続いた。

「平八郎さん……」

「うん……」

平八郎と長次は追った。


服部左内は、新堀端を戻った。

無精髭の浪人と痩せた浪人は、おさよを連れて続いた。

おさよは、哀しげな面持ちで俯《うつむ》いていた。

平八郎と長次は、慎重に追った。

他に人通りはなかった。

服部は、立ち止まって振り返った。

無精髭の浪人と痩せた浪人は立ち止まった。

おさよは、怪訝に立ち止まった。

「拙《まず》い……」

平八郎は地を蹴り、猛然とおさよたちの許に走った。
長次は続いた。
痩せた浪人が刀を抜き、おさよに斬り付けようとした。
おさよは、恐怖に衝き上げられた。
「止めろ……」
平八郎は走りながら一喝《いっかつ》し、そのまま痩せた浪人に抜き打ちの一刀を浴びせた。
痩せた浪人は、刀を握る腕を斬られ、大きく仰け反って新堀川に落ちた。
水飛沫《みずしぶき》があがり、陽差しに煌めいた。
おさよは、恐怖に凍《い》て付いていた。
無精髭の浪人は激しく狼狽《うろた》え、慌てて逃げようとした。
「待て……」
平八郎は追い縋《すが》った。
無精髭の浪人は、刀を抜いて振り廻した。
「刃向かえば、命はないぞ」
平八郎は、怒鳴り付けた。
無精髭の浪人は、我に返ったように刀を引いて自分から新堀川に飛び込んだ。

平八郎は戸惑った。

痩せた浪人と無精髭の浪人は、新堀川の流れに乗って逃げた。

平八郎は、服部を捜した。だが、服部は既に姿を消していた。

おのれ……。

平八郎は、長次がいないのに気付いた。

長次は、服部を追って行ったのだ。

平八郎はそう読み、おさよを窺った。

おさよは、呆然とした面持ちで立ち尽くしていた。

「おさよだな……」

「は、はい……」

おさよは、怯えた顔で頷いた。

「怪我《けが》はないか……」

「はい。お助け下さいまして、ありがとうございます」

おさよは、平八郎に頭を下げた。

「それより、浪人共が何故、その方を斬ろうとしたのか分かるか……」

「そ、それは……」

おさよは、微かに狼狽えた。

「分かっているのだな……」

平八郎は睨んだ。

おさよは俯いた。

「誰が病なのだ……」

平八郎は、おさよの家に煎じ薬の匂いがしていたと云う言葉を思い出した。

おさよは、平八郎の意外な言葉に戸惑った。

「お父っつぁん、心の臓が悪くて……」

「それで金が入り用なのか……」

「はい……」

おさよは、哀しげに頷いた。

「で、おちよと名を偽り、妻恋坂のおしまの家に出入りをしていたのだな……」

「はい。そして、お客を取ってお金を。ひょっとしたら、それがお上に知れるのを恐れて私を……」

おさよは、身を硬くして新堀川の流れを見詰めた。

公儀は吉原《よしわら》などの公娼《こうしょう》以外認めておらず、私娼《ししょう》は取り締まられる。

常磐津の師匠のおしまは、金の必要な女に客を取らせて多額の口利き料を取っている。

おさよは、心の臓の病の父親の薬代が必要なのだ。薬代を稼ぐ為に、おさよはおちよと名を変えておしまの口利きで身を売っている。

平八郎は、おしまに纏わる噂が本当だと見極めた。

おさよは涙を零《こぼ》した。

好きで身体を売っているのではない……。

平八郎は、おさよが零した涙を口惜《くや》し涙だと読んだ。

新堀川の流れは煌めいた。

おさよは、生まれながら運が悪いのかもしれない。

平八郎は、おさよを哀《あわ》れまずにはいられなかった。

「おさよ、安吉と云う扇問屋の若旦那を知っているか……」

「若旦那の安吉さんですか……」

おさよは、平八郎に怪訝な眼差しを向けた。

「うん……」

「さあ……」

おさよは首を捻った。

「妻恋坂のおしまの家で逢っている筈だ」

「そうですか……」

おさよは眉をひそめた。

安吉を覚えていない……。

平八郎は、おさよに嘘はないと見定めた。

安吉は、おさよに一目で惚れた。だが、おさよは、安吉などまったく眼中にないのだ。

安吉の岡惚れも筋金《すじがね》入りだ……。

平八郎は苦笑した。

三味線の爪弾きは消えた。

長次は、路地の奥の板塀に囲まれた仕舞屋を窺った。

服部左内は、元鳥越町の新堀端から真っ直ぐ妻恋町のおしまの家に戻った。

服部が戻ると、仕舞屋から洩れていた三味線の爪弾きは止まった。

平八郎におさよの始末を邪魔された服部とおしまはどう出るのか……。

長次は、煙草屋に戻った。

「婆さん、今、帰ったぜ……」

長次は、奥の居間に声を掛けた。

「お帰り。店番、頼んだよ」

老婆の嗄れ声がした。

長次は、煙草屋の店番をしながら路地の奥のおしまの家を見張った。


「冗談じゃありませんよ。私は江戸から逃げやしませんからね」

おしまは、腹立たしげに吐き棄てた。

「だがな、おしま。安吉やおさよの始末を邪魔した浪人は只者じゃあない」

服部は、厳しさを滲ませた。

「まったく、何もかもあの安吉の馬鹿旦那がおさよに一目惚れしたのがいけないんだよ」

おしまは苛立った。

「ふん。その馬鹿旦那を女で誑《たら》し込み、実家の秀扇堂から金を引き出そうと企んだのは、おしま、お前だぜ……」

服部は、嘲りを浮かべた。

「知らなかったんだよ。安吉があんなにおさよに岡惚れするなんて、思いも寄らなかったんだよ」

「おさよに岡惚れした安吉が、余計な事を知り、お上に駆け込んだらお仕舞いだ。そう思って狙ったのだが。おしま、最早《もはや》これ迄。稼いだ金を持って、一刻も早く江戸から立ち退いた方が利口《りこう》と云うものだ……」

服部は苦笑した。

「まったく傍迷惑《はためいわく》な岡惚れだよ」

おしまの腹立ちは続いた。

妻恋町には物売りの声が長閑《のどか》に響いていた。

長次は、煙草屋から見張り続けた。

店先に客が佇んだ。

「いらっしゃい……」

長次は、客の顔を見上げた。

平八郎の笑顔があった。

「やっぱり此処でしたか……」

「知っているんですか……」

長次は、苦笑しながら奥の居間を示した。

「ええ。惚《ぼ》けているようで、どうしてどうして中々のしっかり者ですよ」

平八郎は苦笑した。

「ええ。で、おさよはどうでした……」

「父親が心の臓の重い病で、金が欲しかったそうですよ」

「睨み通りでしたか……」

「気の毒な話です」

「で、どうします」

「私は安吉に雇われた用心棒です。雇い主である安吉の命を狙う者は放っておけません」

「踏み込みますか……」

「ええ……」

平八郎は、不敵な笑みを浮かべた。

服部左内とおしまは、金の包みを固く腰に結び付けた。

「よし。先に柳橋の船着場に行っていろ。俺は猪牙を調達して行く」

「分かりましたよ」

「後は本所竪川《ほんじよたてかわ》を一気に下り、江戸の町奉行所の手の及ばない下総《しもうさ》だ」

「嫌だ嫌だ、下総の田舎なんて……」

「なあに、熱《ほとぼり》が冷めれば直ぐに戻るさ」

服部は笑った。

「そう上手《うま》くいくかな……」

男の嘲笑混じりの声がした。

服部は、慌てて障子を開け放った。

平八郎が庭先にいた。


「おのれ……」

服部は、縁側に出て身構えた。

「そろそろ年貢《ねんぐ》の納め時だ」

「黙れ……」

服部は縁側から庭先に降り、平八郎に鋭く斬り付けた。
平八郎は跳び退いた。
服部は、刀を閃かせて平八郎に迫った。
平八郎は、跳び退き続けた。
服部は嵩《かさ》に掛かり、嘲笑を浮かべて迫った。
刹那、平八郎は大きく踏み込んだ。
服部は、不意を衝かれて戸惑った。
平八郎は、抜き打ちの一刀を鋭く放った。
血飛沫が飛び、服部の腰から金包みが斬り落とされ、小判が音を立てて飛び散った。
「お、おのれ……」
服部は苦しげに顔を歪め、斬られた脇腹から血を振り撒いて倒れた。
平八郎は、服部の死を見届けて刀に拭いを掛けた。
おしまは、足音を忍ばせて逃げようとした。
「そうはいかないぜ、おしま……」

長次が、冷笑を浮かべて立ち塞《ふさ》がった。

常磐津の師匠のおしまは、私娼の元締として捕らえられた。

南町奉行所の定町廻り同心の高村源吾は、服部左内の死をおしま捕縛の邪魔をした為と判断し、斬った平八郎をお咎めなしとした。そして、おさよを始めとした客を取った私娼たちを居所不明として不問に伏し、一件を落着させた。

居酒屋『花や』は賑わっていた。

「おさよたちを不問に伏したのは、平八郎さんの頼みだそうですね」

長次は酒を飲んだ。

「好きで身体を売っている女は、滅多《めった》にいません。出来ればそっとしておいてやりたいと思いましてね、甘いかもしれませんが……」

平八郎は、手酌で酒を飲んだ。

「良いんじゃありませんか、甘くても。処で安吉はどうしました」

「おさよは諦めたそうです」

「勝手に岡惚れして、勝手に諦めましたか……」

長次は呆れた。

「ええ……」

平八郎は苦笑した。

「ま、これで秀扇堂の旦那も一安心ですか……」

「安吉、少しは家業に身を入れると良いんですがね」

平八郎と長次は酒を飲んだ。

「平八郎さん……」

女将のおりんがやって来た。

「ああ。酒、頼むよ」

平八郎は注文した。

「お酒は分かりましたが、お客さんですよ」

おりんは戸口を示した。

戸口には扇問屋『秀扇堂』の番頭の忠兵衛が硬い面持ちでいた。

「忠兵衛さん……」

平八郎は戸惑った。

忠兵衛は、平八郎の許にやって来た。

「やあ。どうしました……」

「はい。あの、うちの旦那さまが、お願いしたい事があると仰いまして……」

忠兵衛は、長次を気にした。

「ああ。こちらは長次さん。何を話しても心配は無用です」

平八郎は笑った。

「そうですか……」

「ええ。で……」

平八郎は、忠兵衛を促した。

「はい。若旦那さまが又、岡惚れしたようでして……」

忠兵衛は、困惑に顔を歪めた。

「又、岡惚れ……」

平八郎は、素っ頓狂な声をあげた。

居酒屋『花や』の賑わいは続いた。

第三話　狸親父《たぬきおやじ》

一

東叡山寛永寺の鐘が巳の刻四つ（午前十時）を告げた。
明神下の口入屋は、日雇い仕事の手配りも終えて閑散《かんさん》としていた。
矢吹平八郎は、明神下の通りを歩きながら口入屋を横目に見た。
明るい店先の奥に薄暗い帳場があり、小さな眼を丸くした狸の置物が置かれていた。
狸の置物が手を振った。
平八郎は驚き、眼を凝《こ》らした。
手を振った狸の置物は、口入屋の主の万吉だった。
まるで通るのを待ち構えていたようだ……。
平八郎は苦笑し、口入屋に入った。
「一日一朱の仕事、ありますよ」
万吉は、平八郎の都合も聞かずに告げた。
「危ない仕事か……」

割りの良い仕事には裏がある……。

平八郎の勘が囁いた。

「さあ、そいつはどうですか……」

万吉は惚けた。

「どんな仕事だ」

多少危ない仕事でも、懐具合によっては引き受けなければならない時がある。

平八郎の腹の虫は、今がその時だと囁いていた。

「三味線堀にある横山《よこやま》藩江戸下屋敷の御留守居《おるすい》番大森兵庫《おおもりひょうご》さまの処に行けば分かります」

横山藩江戸下屋敷留守居番大森兵庫……。

「分かった。行ってみる」

平八郎は、口入屋を後にした。

明神下の通りは、陽差しに眩しく輝いていた。

平八郎は、明神下の通りを横切って三味線堀に向かった。

浅草三味線堀の周囲には、大名や旗本の屋敷が甍《いらか》を連ねていた。

駿河《するが》国横山藩江戸下屋敷は、出羽《でわ》国久保田《くぼた》藩江戸上屋敷の隣りにあった。

平八郎は、表門の閉じられた横山藩江戸下屋敷を見上げた。

誰かが見ている……。

平八郎は、背中に他人の視線を感じた。

何者かが、横山藩江戸下屋敷を見張っているのか……。

平八郎は、そう感じながら閉じられた表門脇の潜り戸を叩いた。

覗き窓が開き、中間《ちゅうげん》が顔を見せた。

「どちらさまですか……」

「私は矢吹平八郎。御留守居番の大森兵庫さまに明神下の口入屋から来たと、お取り次ぎを願いたい」

平八郎は、中間に告げた。


横山藩江戸下屋敷の庭には風が吹き抜け、木洩れ日が煌めいていた。

平八郎は、出された茶を飲みながら木洩れ日の煌めく庭を眺めていた。

足早に来る足音が廊下に鳴り、平八郎のいる書院に近付いて来た。

せっかちな人柄……。

平八郎は、足音の主の人柄を読んだ。

「やあ。お待たせ致した……」

小柄な白髪頭の武士が、書院に入って来て平八郎の前に座った。

「矢吹平八郎どのか……」

白髪頭の武士は、平八郎を値踏みするかのように見廻した。

「はい。そちらは……」

平八郎は頷き、尋ねた。

「これは御無礼致した。某《それがし》、横山藩江戸下屋敷留守居番の大森兵庫にござる」

大森兵庫は、白髪頭を深々と下げた。そして、老顔をあげて再び平八郎を見廻した。

「神道無念流の岡田十松《おかだじゅうまつ》先生の高弟だそうですな」

平八郎は、口入屋の万吉が既に自分を売り込んでいるのに気付いた。

万吉は、平八郎に大森兵庫からの仕事を振る為、やはり待ち構えていたのだ。

「はあ、まあ……」

平八郎は苦笑した。

「成る程……」

大森兵庫は、満足げに大きく頷いた。

「うむ。人品卑《じんぴんいや》しからず、剣の腕も立つ。どうやら万吉の云う通りのようだ」

「そうですか……」

平八郎は、微かな焦臭《きな》さを感じた。

「うむ……」

大森兵庫は、皺を深くして笑った。

「で、仕事とは……」

割りの良い仕事に危険は付き物……。

平八郎は覚悟を決めた。

「それなのだが、書状を一通、ある処に届けて戴きたい」

大森兵庫は、真顔になって声を潜めた。

「書状を……」

「左様……」

「それは、此の下屋敷を見張っている者と拘《かか》わりあるのですな」

「やはり、何者かが見張っていますか……」

大森兵庫は満面に険しさを浮かべ、思わず身を乗り出した。

「ええ。何者か心当たりは……」

平八郎は訊いた。

「う、うむ。心当たりなどないが……」

大森兵庫は、微かに狼狽《うろた》えながら首を横に振った。

下手な嘘だ……。

平八郎は睨んだ。

大森兵庫は、見張っている者が何者かを知っている。

「ならば、届けて戴く書状を持ってくるので、暫時《ざんじ》お待ちを……」

大森兵庫は、せかせかとした足取りで書院から出て行った。

見張っているのが何者か知っていながら隠すのは、横山藩に深く拘わる事があるからなのかもしれない。

ま、書状一通を届ける仕事だ。多少の事があっても、どうにかなるだろう……。

平八郎は、不敵に笑った。

風が木々の梢を揺らし、木洩れ日を煌めかせた。

書状は、申の刻七つ半（午後五時）迄に高輪《たかなわ》大木戸の傍にある料理屋『礒村《いそむら》』に届ける。

「礒村の誰ですか……」

平八郎は尋ねた。

「礒村の主に私からだと渡して下されば結構です」

「では、礒村の主に届ければ良いのですね」

本当の受け取る相手は、おそらく『礒村』の主の背後にいるのだ。

平八郎は読んだ。

「左様。間もなく午の刻九つ（正午）。申の刻七つ半（午後五時）迄に必ず届けて戴きたい。宜しく頼みましたぞ」

「心得た……」

三味線堀から日本橋迄は僅かな距離であり、日本橋から高輪の大木戸迄は二里弱（八キロ弱）だ。つまり、三味線堀から高輪の大木戸までは三里もない。

平八郎の足では、一刻（四時間）もあれば充分に間に合う距離だ。

「では、これを……」

大森兵庫は、平八郎に書状の入った文箱を差し出した。

「はい。確かにお預かり致した」

平八郎は、文箱を受け取った。

「それから……」

大森兵庫は、懐紙に一分金を載せて差し出した。

「これは……」

平八郎は戸惑った。

「今日の給金です」

「給金は一朱と聞いてきたが……」

一朱は一両の十六分の一であり、一分は四分の一両だ。

「左様。給金は一朱で、残りは某の志《こころざし》にござる。どうぞお受け取り下され」

大森兵庫は、申し訳なさそうに白髪眉をひそめた。

「そうですか、ならば遠慮なく戴きます」

危ない目に遭わせると知っての志を、危ない目に遭うと覚悟の上で貰うだけだ。

平八郎は苦笑した。

平八郎は、大森兵庫に見送られて式台を出て表門に向かった。

大森兵庫は、立ち去って行く平八郎に白髪頭を僅かに下げて見送った。

「大森さま……」

横山藩の若い家臣が、大森兵庫の背後に現われた。

「小五郎《こごろう》、見張っている者共が矢吹を追って行くかどうか見定めろ」

大森兵庫は、老顔に厳しさを浮かべて小五郎と呼んだ若い家臣に命じた。

平八郎は、中間に見送られて表門脇の潜り戸を出た。

潜り戸は軋みをあげて閉まった。

平八郎は、周囲を窺った。

三味線堀の水面は光り輝き、大名や旗本の屋敷は静けさに覆われていた。

静けさの中には、何者かが潜んで見張っている……。

平八郎は、文箱を風呂敷《ふろしき》に包んで腰に結び、大きく伸びをした。

いずれにしろ、腹拵えをしてからだ……。

平八郎は、大森兵庫に貰った一分金を握り締め、向柳原《むこう》の通りを神田川に架かる新《あたら》シ橋に向かった。

視線は追って来た。

平八郎は、背後をそれとなく窺い、視線の主を捜した。

一人、二人、三人……。

平八郎は、追って来る者が一人ではないのを知った。

野菜の入った雑炊《ぞうすい》は美味かった。

平八郎は、新シ橋の袂の一膳飯屋で腹拵えをした。

腹に優しい雑炊にしたのは、これから何が起こるか分からないからだった。

平八郎は、一膳飯屋の亭主に握り飯を作るように頼んだ。

「へい……」

一膳飯屋の亭主は頷いた。

平八郎は、一膳飯屋の窓から表を窺った。

周囲の物陰に羽織袴の武士が三人、遊び人風の男が一人いた。

追手……。

平八郎は見定めた。

「亭主、浅草の駒形堂迄、使いに行ってくれる者はいないかな……」

「今時なら木戸番の岩吉《いわきち》さんが行ってくれると思いますよ……」

「そいつはありがたい……」

平八郎は微笑んだ。

腹拵えの済んだ平八郎は、一膳飯屋を出て神田川に架かる新シ橋を渡り、柳原通りに出た。

柳原通りには通る人も少なく、柳の並木は緑の枝を微風に揺らしてた。

平八郎は、柳原通りを横切り、豊島町《としまちょう》に入ろうとした。

三人の羽織袴の武士と一人の遊び人が、平八郎に駆け寄って来て取り囲んだ。

早速現われた……。

平八郎は、思わず苦笑した。

「なんだ。おぬしたちは……」

「大森兵庫から預かった物を渡して貰おう」

背の高い羽織袴の武士が、強張った面持ちで平八郎を睨み付けた。

「預かった物とは、書状の事かな」

平八郎は、腰に結びつけた風呂敷包みを一瞥した。

「そうだ。その書状だ。さっさと渡せ……」

背の高い羽織袴の武士は、刀の柄を握り締めて身構えた。

「届ける相手はおぬしたちではない。渡す訳にいかないな……」

平八郎は、不敵に笑った。

「おのれ……」

背の高い羽織袴の武士は、微かな怒りを過らせた。

「俺は先を急ぐ。そこを退いて貰おう」

平八郎は、豊島町に向かった。

「書状を寄越せ」

背の高い羽織袴の武士は怒鳴り、猛然と平八郎に斬り掛かった。

平八郎は、唸《うな》りをあげて迫る刃を躱《かわ》し、抜き打ちの一刀を放った。

背の高い羽織袴の武士は、脇腹を斬られて横倒しに倒れた。

残った二人の羽織袴の武士と遊び人は、怯《ひる》みながらも慌てて刀を抜いた。

「申し訳ないが、先を急ぐので遊んでいる暇はない。俺に斬り付ける時は、覚悟を決めて来るんだな」

平八郎は、冷笑を浮かべながら豊島町に入った。

「ど、どうする。山岡《やまおか》……」

「俺と才次《さいじ》が追う。桑田《くわた》は篠崎《しのざき》さんを医者に診《み》せ、大崎《おおさき》さまにお報せしろ」

山岡と呼ばれた羽織袴の武士は、遊び人の才次と共に平八郎を追った。

桑田は、狼狽えながら気を失っている背の高い武士に駆け寄った。

高輪の大木戸は、東海道の江戸の出入口である。

その高輪の大木戸の傍にある料理屋『礒村』は、旅立つ者との別れを惜《お》しみ、来る者を出迎える処として知られている。

仕事は、その料理屋『礒村』の主に書状を届けるだけだ。そして、その書状を羽織袴の武士たちが狙っている。

書状には何が書き記《しる》されているのか……。

羽織袴の武士たちは何者なのか……。

平八郎は、豊島町から小伝馬町《こでんまちょう》と小舟町《こぶなちょう》を抜けて日本橋に向かう事にした。

日本橋から高輪の大木戸迄は二里弱であり、東海道を南に下れば良い。

羽織袴の武士たちは、あれで手を引く筈はない。おそらく追って来るだろうし、待ち伏せをしている可能性もある。

平八郎は、小伝馬町の牢屋敷の傍を抜けて小舟町に急いだ。

浅草駒形堂傍の老舗鰻屋《うなぎや》『駒形鰻』は、昼飯の忙しい時も過ぎて一息ついていた。

久右衛門町《きゆうえもんちよう》の木戸番の岩吉は、『駒形鰻』の若旦那である伊佐吉に結び文を届けて帰って行った。

「平八郎さんが結び文とは、何かあったんですかね……」

長次は眉をひそめた。

「うむ……」

伊佐吉は、平八郎からの結び文を解《ほど》いた。


日本橋は行き交う人で賑わっていた。

平八郎は、日本橋に佇んで周囲を見廻した。

雑踏《ざつとう》の中には、おそらく羽織袴の武士の仲間がいる筈だ。

襲って来た時は闘う迄だ。

さあて、行くか……。

平八郎は不敵な笑みを浮かべ、高輪の大木戸に向かって歩き出した。

二

平八郎は、日本橋通りを南に下った。
三味線堀の横山藩江戸下屋敷を出て、既に半刻（約一時間）以上は過ぎている。
残るは二刻弱（四時間弱）……。
二刻弱で二里弱を進み、高輪の大木戸に着かなければならない。
一里（四キロ）を半刻余りで進めば、申の刻七つ半迄には充分に間に合う。
平八郎は、日本橋通りを進んだ。
羽織袴の武士と遊び人が、一定の距離を保って追って来ていた。
羽織袴の武士が二人いない。
仲間を呼びに行っているのかもしれない。
平八郎は、想いを巡らせながら京橋川《きょうばしがわ》に架かる京橋に差し掛かった。
山岡と才次は、日本橋を下って行く平八郎を追った。
「野郎、何処に行くんですかね」

才次は眉をひそめた。

「確《しか》とは分からぬが、おそらく此のまま東海道に向かうのだろう」

山岡は読んだ。

「東海道ですか……」

「うむ。才次、奴の先廻りをして、この事を組頭の大崎さまに報せてくれ」

「へい。じゃあ御免なすって……」

才次は、日本橋通りの辻を西に入り、外濠沿いの道に走った。

山岡は、平八郎を追った。


平八郎は、京橋川に架かる京橋を渡った。

男の怒声と女の悲鳴が響いた。

平八郎は、怪訝に立ち止まった。

行き交う人が慌てて左右に散り、町方の若い女が血相を変えて逃げて来た。

平八郎は、抜き身を持った着流しの侍が若い女を追って来るのに気付いた。

「お助けを、お助け下さい」

若い女は、立ち止まっている平八郎に縋《すが》り付き、背後に隠れた。

「退け。邪魔するな」

着流しの侍は、平八郎に怒鳴った。

「邪魔はせぬが、昼日中、刀を抜いて女一人を追い廻すとは只事ではないな」

平八郎は眉をひそめた。

居合わせた人々は遠巻きにし、恐ろしそうに見守った。

「その女はな、無礼にも俺を貧乏御家人と侮《あなど》り、汚い物でも見るように蔑《さげす》み、嘲笑《あざわら》ったんだ。如何に女とは云えども許せぬ」

着流しの侍は、平八郎の背後にいる若い女を睨み付けて吼《ほ》えた。

「お侍さまが御家人だとは存じませんし、侮っても蔑んでもおりません」

若い女は、半泣きで弁明した。

「じゃあ何故、嘲笑った」

「嘲笑うなんて、しておりません」

若い女は、必死に訴えた。

「おのれ。成敗してくれる」

「お許しを、どうかお許しを……」

若い女は、泣きながら哀願した。

「この者は侮り蔑み、嘲笑ってはいないと云っている。おぬし、何か誤解でもしたのではないのか……」

平八郎は、着流しの侍を落ち着かせようと静かに告げた。

「黙れ。その女が俺を侮り蔑み、嘲笑ったのは間違いないのだ。手討ちにしてくれる。早々に女を引き渡せ」

着流しの侍の怒りは治まらなかった。

「そうか、手討ちにするか。ならば、たとえ侮り蔑み、嘲笑われたとしても、仕方がないようだな……」

平八郎は苦笑した。

「なんだと……」

着流しの侍は、若い女に向けていた怒りの鉾先《ほこさき》を平八郎に変えた。

「侮り蔑み、嘲笑われたのを恥じず、唯々《ただただ》怒る愚《おろ》かさ加減に呆れたよ」

「黙れ……」

着流しの侍は、猛然と平八郎に斬り付けた。

平八郎は、若い女を突き飛ばして刀を躱し、着流しの侍の懐に飛び込んだ。そして、刀を叩き落とし、鋭い投げを打った。

着流しの侍は、見事な弧を描いて宙を舞い、地面に激しく叩き付けられた。

土埃が舞い上がった。

見守っていた人々は響動《どよ》めいた。

土埃が鎮《しず》まり、叩き付けられた着流しの侍は気を失っていた。

「さあ、立ち去るがいい……」

平八郎は、若い女を促した。

「は、はい。ありがとうございました」

若い女は、平八郎に深々と頭を下げて足早に立ち去った。

平八郎は、気を失っている着流しの侍を京橋の袂に運んだ。

「邪魔にならぬ処で、風に吹かれて頭を冷やすのだな」

平八郎は、京橋の袂を離れ、見守っていた人々に笑い掛けた。

「騒がせたな……」

見守っていた人々は散り始めた。

平八郎は、日本橋通りを南に下った。

山岡は、見守っていた人々が散る中に平八郎を追った。

山岡は慎重に追った。

才次は、既に組頭の大崎京之介《きようのすけ》さまに報せた筈だ。そして、大崎さまは人数を集めて先廻りをする……。

山岡は、組頭の大崎京之介の動きを読みながら平八郎の尾行を続けた。

それにしても腕が立つ……。

流石《さすが》に頑固者《がんこもの》の御留守居番、大森兵庫が密書を届ける為に雇っただけある浪人だ。

山岡は、緊張した面持ちで先を行く平八郎の後ろ姿を見詰めた。


思わぬ出来事に時を無駄にした……。

平八郎は、日本橋通りを汐留川《しおどめがわ》に架かる新橋《しんばし》に急いだ。

未の刻八つ（午後二時）を告げる寺の鐘の音が微かに聞こえた。

残る時は一刻半だ。

微かな焦りを覚えた。

やがて、汐留川に架かる新橋が見えて来た。

平八郎は先を急いだ。

新橋は、人々が忙しく行き交っていた。

平八郎は、油断なく辺りを窺いながら新橋を渡った。

何事も起きなかった。

平八郎は、小さな吐息を洩らして進み、芝口町《しばぐちまち》に入った。

芝口町の奥は愛宕《あたご》下大名小路と呼ばれ、大名家の江戸上屋敷が数多くある。

芝口一丁目と二丁目の間の辻から、二人の武士が現われた。

追手の仲間か……。

平八郎は、二人の武士を見据えて油断なく進んだ。

二人の武士は、辻から出て来て平八郎の前を歩き始めた。

追手ではないのか……。

平八郎は、微かな戸惑いを覚えた。


山岡は、充分に距離を取って平八郎を追った。

二人の武士と才次が横手から現われ、山岡に並んだ。

山岡は、並んだ男たちが才次と朋輩《ほうばい》の佐々木《ささき》と田中《たなか》だと気付いた。

「おぬしたちか……」

「うむ。加藤《かとう》と横沢《よこざわ》が前に廻った筈だ」

佐々木と云う名の武士は、平八郎の後ろ姿を見据えたまま告げた。

「大崎さまの命か……」

「うむ……」

佐々木と田中は頷き、山岡と共に平八郎を追った。

「才次、篠崎さんはどうした……」

「深手ですが、命はどうにか助かるそうです」

才次は囁いた。

「そうか……」

山岡は、安堵の吐息を僅かに洩らした。そして、仲間たちが、大崎の指示で平八郎を取り囲んだのを知った。

平八郎は、芝口三丁目を通り抜けて源助町《げんすけちょう》から露月町《ろうげつちょう》に入った。

三縁山増上寺《さんえんざんぞうじょうじ》の大屋根が、西側の町並みの奥に見えた。

芝口町の辻から現われた二人の武士は、相変わらず平八郎の前を進んで行く。

平八郎は、周囲を窺った。

行き交う人が増えた。

増上寺の前には飯倉神明宮《いいぐらしんめいぐう》がある。

増えた人々は、増上寺と飯倉神明宮の参拝客なのだ。

平八郎は、宇田川町《うだがわちょう》から神明町、そして浜松町《はままつちょう》に入った。

通りには参拝客相手の茶店や飯屋、土産物屋などが並んでいた。

平八郎は、並ぶ茶店の一軒で長次が茶を飲んでいるのに気付いた。

長次さん……。

神田久右衛門町の木戸番は、駒形の伊佐吉に無事に結び文を届けてくれた。

平八郎は、長次のいる茶店に向かった。

長次は、平八郎に気付いて誘うように茶店の奥に入った。

「茶を頼む……」

平八郎は、茶店の亭主に注文しながら長次に続いて奥に入った。そして、奥の小座敷に落ち着いた。

「早かったですね」

「猪牙《ちょき》を飛ばして来ましたからね」

「猪牙ですか……」

長次は、駒形町の船着場から汐留川に架かる新橋の船着場迄、猪牙舟を飛ばして先廻りをしたのだ。

「で、書状は約束の刻限迄に届けられそうですか……」

「そいつがいろいろあってな。どうなるか未だ分からぬ」

平八郎は苦笑した。

亀吉が入って来た。

「やあ、亀吉も来てくれたのか……」

「はい。平八郎さん、尾行られていますよ」

亀吉は、茶店の表を示した。

「やはりな……」

平八郎は眉をひそめた。

「羽織袴の武士が三人と遊び人が一人、後から来て見張っています」

「そうか……」

平八郎は頷いた。

「で、横山藩ですが、伊佐吉親分が高村さまに聞きに行っています」

長次は告げた。

平八郎は、結び文に横山藩江戸下屋敷の留守居番の大森兵庫に雇われ、書状を高輪の大木戸傍の料理屋『礒村』に申の刻七つ半迄に届ける事になったのを書き記した。

そして、駿河国横山藩の様子を調べてくれるように頼んだのだ。

平八郎は、茶で喉を潤した。

「よし。これ以上、休んでいては怪しまれる。行きます」

「じゃあ、亀吉、露払《つゆはら》いをしな」

長次は、亀吉に命じた。

「承知……」

亀吉は頷き、茶店を出て行った。

「平八郎さん、あっしは後から行きます」

「はい、じゃあ……」

平八郎は、茶店の小座敷を出た。

茶店から出て来た平八郎は、辺りを油断なく見廻し、日本橋からの通りを南に急いだ。

山岡、佐々木、田中、才次が、物陰や路地から現われ、平八郎を追った。

彼奴らか……。

長次は、茶店から見届けて山岡、田中、佐々木、才次の後を取った。
亀吉は、平八郎の行く手に不審な者がいないか見定めながら進んだ。
二人の武士が辻に佇み、往来の北を険しい面持ちで見詰めていた。
まさか……。
亀吉は、二人の武士の脇を通り抜け、傍《かたわ》らの荒物屋を覗きながら窺った。
「茶店から出て来た……」
「うむ……」
二人の武士の声が聞こえた。
亀吉は、二人の武士の視線の先を追った。
視線の先には、茶店から出て来た平八郎がいた。
やはり、追手……。
亀吉は見定めた。
二人の武士は、平八郎の前をゆっくりとした足取りで歩き始めた。
亀吉は、荒物屋で菅笠《すげがさ》を買い、目深に被って二人の武士の後に続いた。
平八郎さんは六人に囲まれている……。

亀吉は緊張した。

三縁山増上寺の大門前は、大勢の参拝客が行き交っていた。

増上寺は浄土宗《じょうどしゅう》の寺であり、東叡山寛永寺と並ぶ徳川家菩提寺《ぼだいじ》として二代秀忠《ひでただ》、六代家宣《いえのぶ》、七代家継《いえつぐ》が葬《ほうむ》られていた。

平八郎は、増上寺の大門前を抜けた。

露払いに亀吉がおり、尾行て来る者たちには長次が張り付いている。

何かがあれば直ぐ報せがある……。

平八郎は、背後を気にせず先を急いだ。

南町奉行所の同心詰所は、同心たちが見廻りなどに出掛けて閑散としていた。

伊佐吉は、土間の囲炉裏端《いろりばた》に腰掛け、定町廻り同心の高村源吾が戻って来るのを待っていた。

「やあ。待たせたな……」

高村源吾が、奥から同心詰所に戻って来た。

「いえ。御造作をお掛けします」

「なあに、いろいろ世話になっている平八郎の旦那の頼みだ」

「で、如何でした」

「うむ。駿河国横山藩二万五千石、噂じゃあ揉めているそうだぜ」

高村は苦笑した。

「揉めていますか……」

伊佐吉は眉をひそめた。

「ああ。横山藩の十五歳の嫡男《ちゃくなん》は側室の子でな。正室の子は未だ二歳の次男。そこでお定まりの跡目争いが起こり、家中を二分しているそうだ」

「って事は旦那。平八郎さんが届けるように頼まれた手紙を奪おうとしているのは、同じ横山藩の家来って訳ですか……」

伊佐吉は戸惑った。

「うむ。嫡男には江戸留守居役が味方につき、次男には江戸家老が後《うし》ろ盾《だて》になっているそうだ。そして、嫡男が毒を盛られ、危《あや》うく命を落としそうになった……」

高村は、嘲りを滲ませた。

「正室派の江戸家老たちの仕業《しわざ》ですか……」

「いや、そうとも云えないさ」

伊佐吉は困惑した。

「江戸家老たちを始末する為、留守居役たちが仕組んだ狂言とも考えられる」

「そうか……」

「伊佐吉、こいつは噂だ。噂……」

高村は笑った。

「はい。でしたら、下屋敷の留守居番の大森兵庫、どっち側なんでしょうね」

「さあな。そこ迄は分からない……」

「そうですか……」

駿河国横山藩にはお家騒動が潜んでいた。

伊佐吉は知った。

「それから横山藩の殿さま、国許に帰っていたのだが、参勤で江戸に来るそうだ」

「来るのはいつですか……」

「そいつが、高輪の大木戸に到着するのは明日だそうだぜ」

「明日、高輪の大木戸に……」

「ああ。平八郎の旦那、今日の申の刻七つ半迄に書状を届ける約束なんだな」

「えっ……」

「はい……」

「それにしても平八郎の旦那、いろいろと面倒に巻き込まれる人だな」

「まったくで……」

高村と伊佐吉は、呆れたように笑った。


未の刻八つ半（午後三時）が過ぎた。

約束の申の刻七つ半迄、残り一刻だ。

三縁山増上寺大門の賑わいを抜けた平八郎は、西に傾いた陽差しに煌めく金杉川《かなすぎがわ》に差し掛かった。

行き交う人々は、次第に少なくなった。

行く手に菅笠を被った男の後ろ姿が見えた。

男は振り向き、菅笠をあげて顔を見せた。

亀吉……。

平八郎は気付いた。

亀吉は、菅笠を被り直して歩き出した。

平八郎は、想いを巡らせた。

亀吉が菅笠を被っているのは、前にも追手の仲間がいると告げているのだ。
平八郎はそう睨み、金杉川に架かっている金杉橋に向かった。

三

金杉橋を渡った二人の武士は、立ち止まって振り返った。
平八郎は、菅笠を被った職人風の男の後からやって来る。
二人の武士は、平八郎を見定めて金杉橋の袂に駆け寄った。
金杉橋の袂には、頭巾《ずきん》を被った武士と桑田がいた。
二人の武士は、頭巾を被った武士に何事かを報せていた。
頭巾を被った武士は、厳しい眼をして頷いていた。
亀吉は、金杉橋の欄干《らんかん》に身を潜めて頭巾の武士たちを見守った。
平八郎は、亀吉が金杉橋の欄干に身を潜めているのに気付いた。
どうした……。
平八郎は、戸惑いながらも亀吉の動きを読んだ。

おそらく、前を行く追手に何らかの動きがあったのだ。

平八郎は、金杉橋に急いだ。

欄干の傍にいた亀吉が、平八郎に気付いて金杉橋を渡った処を示した。

そこには、神田川に架かる新シ橋で襲って来た武士の一人が、頭巾を被った武士たち三人と一緒にいた。

亀吉の睨み通り、追手の仲間だ。

平八郎は、亀吉に苦笑して見せた。

亀吉は小さく頷き、菅笠を目深に被り直して金杉橋を渡って行った。

平八郎は、それとなく背後を窺った。

背後から三人の武士と遊び人がやって来る。

そして、金杉橋の先には四人の武士が待っている。

都合《つごう》八人……。

背後の三人の武士と遊び人を始末し、隣りの将監橋《しょうげんばし》を渡る手もある。

さあて、どうする……。

平八郎は思案した。

山岡、佐々木、田中、才次は、平八郎が金杉橋の手前で立ち止まったのに戸惑った。

「どうした……」

山岡は眉をひそめた。

「おそらく、金杉橋の向こうに大崎さまたちがいるのに気付いたのだろう」

佐々木は睨んだ。

「ならば……」

「うむ。行くぞ……」

山岡は地を蹴り、平八郎に向かって走った。

佐々木、田中、才次が続いた。

長次は、指笛を吹き鳴らした。

指笛の甲高い音が鋭く鳴り響いた。

平八郎は振り返った。

山岡、佐々木、田中、才次が、猛然と駆け寄って来た。

金杉橋の向こうにいる頭巾を被った武士たちと一緒にすれば八人となり、手間暇掛かって流石《さすが》に面倒だ。

切り離す……。

平八郎は咄嗟にそう決め、金杉川沿いを将監橋のある西に走った。

山岡、佐々木、田中、才次は追った。

長次は続いた。


金杉橋から将監橋に続く金杉川沿いは、土手跡丁と称されている。

平八郎は、土手跡丁を走った。

山岡、佐々木、田中、才次は、平八郎に追い縋って斬り付けようとした。

平八郎は、振向き態《ざま》に抜き打ちの一刀を放った。

抜き打ちの一刀は、斬り付けようとした山岡の胸元を鋭く斬り裂いた。

山岡は、斬られた胸元から血を振り撒いて倒れた。

佐々木、田中、才次は怯んだ。

平八郎は、血に濡れた刀を翳《かざ》した。

佐々木と田中は、慌てて大きく跳び退いた。

平八郎は、その隙を衝いて将監橋に走った。

「お、おのれ……」

佐々木は焦った。

「才次、大崎さまにお報せしろ」

田中は、才次に命じた。

「へい」

才次は、金杉橋に走った。

佐々木と田中は、平八郎を追って将監橋に走った。

物陰から見守っていた長次が、佐々木と田中に続いた。


平八郎は、金杉川に架かる将監橋を駆け抜けた。

将監橋を渡ると三叉路《さんさろ》になっていた。

三叉路は、西は金杉川沿いの明地《あきち》に続き、南は美濃《みの》国大垣《おおがき》藩江戸下屋敷の傍を抜けて金杉通りに行き、東は頭巾の武士たちがいる金杉橋の袂に出る。

行くのなら、南の大垣藩江戸下屋敷傍の道が一番だ。だが、敵もそれを読み、既に何らかの手配りをしているかもしれない。

平八郎は迷った。

将監橋から二人の武士が追って来た。そして、金杉橋から頭巾を被った武士たちが駆け寄って来るのが見えた。

遠廻りになるが、明地のある西に進んで将監橋から来る二人の武士を倒す。

平八郎は決め、明地のある金杉川沿いを西に走った。

将監橋を渡って来た二人の武士は追った。


平八郎は、明地に駆け込んだ。

二人の武士は、平八郎を追って明地に踏み込んで来た。

誘いに乗った……。

平八郎は反転し、追って来た二人の武士に猛然と斬り掛かった。

二人の武士は、怯みながらも必死に己を鼓舞《こぶ》して応戦した。

草が千切れ、小石が飛び散った。

平八郎は、容赦なく刀を閃かせた。

武士の一人は、左脚の太股を斬り裂かれて崩れるように倒れた。

残る家来は後退した。
平八郎は、素早く間合いを詰めた。
残る家来は、平八郎に斬り掛かった。
平八郎は、構わずに見切りの内に踏み込んで残る家来と交錯した。
二人の刀が煌めき、血煙があがった。
平八郎は、明地を走った。
残る家来は苦しく顔を歪め、右の肩口から血を噴き上げて倒れた。
平八郎は、明地を駆け去った。
相変わらずの神道無念流の冴《さ》えだ……。
長次は見届けた。
頭巾を被った武士たちが駆け寄って来た。
長次は、物陰に潜んで見守った。

平八郎は明地を出た。
明地の前には、薩摩《さつま》藩江戸中屋敷があった。
平八郎は、薩摩藩江戸中屋敷の傍の道に走り込んだ。

そのまま進むと薩摩藩江戸上屋敷の前に出る。その前の道を西に行くと、三田《みた》の町を抜けている四国丁と云う通りになる。

四国丁の通りは、金杉川に架かる赤羽橋《あかばねばし》から芝田丁四丁目の金杉通りを結んでいる。

平八郎は、薩摩藩江戸上屋敷の前の道を四国丁の通りに急いだ。

頭巾を被った大崎京之介は、太股を斬られた佐々木と右肩を斬られた田中を才次に命じて医者に運ばせた。そして、桑田たち三人の武士を従えて平八郎を追った。

長次は、頭巾を被った武士たちを追った。

「長次さん……」

菅笠を被った亀吉が、背後から来て並んだ。

「相変わらず見事な神道無念流ですね」

亀吉は感心した。

「ああ。残るは四人だ……」

長次は、先を行く頭巾を被った武士たちを見据えて告げた。

「平八郎さん、三田から金杉通りに戻るんですかね」

亀吉は読んだ。

「きっとな……」

「じゃあ、あっしは先廻りしますよ」

「頼む」

長次は頷いた。

亀吉は、裏路地に駆け込んだ。

長次は、頭巾を被った武士たちを追った。

寺の鐘が鳴った。

申の刻七つ（午後四時）だ。

残り半刻……。

平八郎は、後半刻で書状を届ける約束の申の刻七つ半（午後五時）になるのを知り、微かな焦りを覚えた。

高輪大木戸は遠くはなく、道程で云えば半刻もあれば充分に行ける。

気になるのは、書状を奪おうとする者たちの出方だ。

四国丁の通りから金杉通りに出た処に、敵は待ち構えているかもしれない。

約束を果たす事が出来るかどうかは、その時の情況に掛かっている。

平八郎は、追って来る頭巾を被った武士たちを警戒しながら金杉通りに急いだ。

長次は、頭巾を被った武士たちを巧《たく》みに追った。

頭巾を被った武士たちは、薩摩藩江戸上屋敷の前の道から四国丁の通りに出た。そして、立ち止まり、通りの左右に平八郎を捜した。だが、平八郎の姿は何処にも見えなかった。

「大崎さま……」

武士の一人が、頭巾を被った武士に指示を仰《あお》いだ。

頭巾を被った武士の名は大崎……。

長次は知った。

「うむ。奴はおそらく金杉通りに戻る筈だ」

大崎は告げた。

「では……」

「桑田、奴が書状を届ける相手がいるのは、高輪大木戸かもしれぬな」

大崎は睨んだ。

「大木戸ですか……」

「うむ」

「ですが、殿の参勤行列は未だ相州《そうしゅう》、今日大木戸に行っても……」

桑田は眉をひそめた。

「儂《わし》もそう思っていたが、違うのかもしれぬ」

大崎は、厳しさを滲ませた。

「はあ……」

「よし。桑田、急ぐぞ……」

「はっ……」

大崎は、桑田たち三人の武士を従えて四国丁の通りを金杉通りに急いだ。

長次は追った。

大崎の野郎、平八郎さんの行き先に気付きやがった……。

殿とは、横山藩の殿さまなのか……。

長次は、想いを巡らせながら大崎たちを追った。

四国丁の通りは、金杉通りの芝田丁四丁目に出る。

亀吉は、芝田丁四丁目と四国丁の通りとの辻に佇み、辺りに不審な武士がいないか見廻した。

頭巾を被った武士の仲間と思われる不審な武士はいなかった。

金杉通りには旅人が行き交い、芝田丁四丁目の東にある町家の背後に広がる海からは微かな潮騒《しおさい》と汐《しお》の香りがしていた。

亀吉は、平八郎の来るのを待った。

「おう。亀吉じゃあねえか……」

亀吉は、金杉通りからの声に振向いた。

駒形の伊佐吉がやって来た。

「親分……」

亀吉は、伊佐吉に駆け寄った。

「どうなっている……」

「はい……」

亀吉は、今迄の出来事を伊佐吉に告げた。

「そいつは、平八郎の旦那も大変だな」

伊佐吉は、亀吉の話を聞き終わって眉をひそめた。

「はい。でも、此処迄来れば、高輪大木戸迄は後一っ走りです」

「うん……」

伊佐吉は、眉をひそめて四国丁の通りを眺めた。

平八郎は、背後を警戒しながら四国丁の通りを金杉通りに急いだ。

背後に頭巾を被った武士たちは見えない。

行く手に金杉通りが見えた。

高輪大木戸は遠くはない……。

平八郎は足取りを速めた。

金杉通りには旅人が行き交い、汐の香りが漂っていた。

平八郎は、四国丁の通りから漸《ようや》く金杉通りに戻った。

「平八郎の旦那……」

伊佐吉と亀吉が、平八郎に駆け寄った。

「おう。親分……」

「横山藩の事、いろいろ分かったぜ」

「そうか……」

「申の刻七つ半（午後五時）迄に高輪大木戸に行くには充分な時がある。一息入れたらどうだ……」

伊佐吉は、平八郎に微かな血の臭いを嗅《か》いだ。

「そうだな……」

頷いた平八郎の顔には、僅かに疲労が滲んでいた。

蕎麦屋の二階の座敷からは、金杉通りと四国丁の通りとの辻が見通せた。

亀吉は、二階の座敷の窓から四国丁の通りを見張った。

伊佐吉は、南町奉行所定町廻り同心の高村源吾から聞いた話を平八郎に語った。

平八郎は、一膳飯屋で作って貰った潰れた握り飯を食べながら伊佐吉の話を聞いた。

「そうか、横山藩にはお家騒動が潜んでいるのか……」

「ああ。側室の子の十五歳の嫡男と正室の産んだ二歳の次男。それぞれに江戸留守居役と江戸家老が後ろ盾になってな……」

「下屋敷の留守居番の大森兵庫は、十五歳の嫡男と二歳の次男のどちら側なのかな」

「そいつは分からないな」

「そうか……」

平八郎は、潰れた握り飯を食べ終えて茶を飲んだ。

「それにしても、その書状、どうして今日の申の刻七つ半迄に儀村に届けなければならないのかな……」

伊佐吉は、平八郎の腰に結びつけられている文箱を一瞥した。

「親分、横山藩の殿さまの行列が江戸に入るのは明日だったな……」

平八郎は念を押した。

「そうだ」

伊佐吉は頷いた。

「それなのに今日の申の刻七つ半迄か……」

平八郎は眉をひそめた。

おそらく書状は、高輪大木戸傍にある料理屋『儀村』の主を通じて横山藩の誰かに渡るのだ。その誰かが殿さまの参勤行列と一緒に来る者であれば、今日ではなく明日の筈だ。

それなのに、今日の申の刻七つ半迄に届けなければならない理由は何なのか……。

平八郎には、様々な疑惑が湧《わ》いた。

「親分、平八郎さん……」

亀吉が、窓から外を見たまま伊佐吉と平八郎を呼んだ。

伊佐吉と平八郎は、窓辺に寄った。

頭巾を被った武士たちが、四国丁の通りをやって来た。

「奴らか……」

伊佐吉は、頭巾を被った武士たちを睨み付けた。

「ああ。奴ら、嫡男と次男のどっち側に付いているのかな……」

平八郎は首を捻った。

「大森兵庫って爺《じい》さんが嫡男側なら二歳の次男側、次男側なら十五歳の嫡男側……」

伊佐吉は小さく笑った。

「ふん……」

平八郎は苦笑した。

頭巾を被った武士たちは、金杉通りに出て南に曲がった。高輪大木戸はその先にある。

「よし、これで尾行を警戒せずに済む」

平八郎は、頭巾の武士たちの後から行く事に決めた。

「親分、長次さんが来ました」

亀吉が告げた。

長次が、四国丁の通りを来るのが見えた。

「よし。そろそろ俺も行くぞ……」

平八郎は立ち上がった。

四

潮騒は微かに響いている。

汐の香りの漂う通りには、土地の漁師や旅人たちが行き交っていた。

平八郎は、肥後《ひご》国熊本《くまもと》藩江戸下屋敷の前を通り抜けた。

伊佐吉と亀吉は、先行して頭巾を被った武士たちを追い、長次は平八郎の背後を固めた。

高輪大木戸迄は、もう僅かな距離だ。

約束の申の刻七つ半迄は、後四半刻もなかった。

平八郎は急いだ。

袖《そで》ヶ浦《うら》は蒼《あお》く広がっている。

夕暮れ前の高輪大木戸を旅立つ者はいなく、東海道を旅して江戸に到着した旅人と出迎え人がいた。

高輪大木戸近くの家並みには、汐の香りに混じって問屋場の馬の糞《ふん》の臭いが漂っていた。

大崎は、桑田に平八郎が大木戸を通ったどうかを調べさせた。

平八郎らしき浪人は、大木戸を通り抜けてはいなかった。

高輪大木戸の何処かにいる……。

大崎は睨み、桑田たちに平八郎を捜すように命じた。

桑田と二人の武士は、聞き込みに散った。

先乗りした伊佐吉と亀吉は、高輪の大木戸近くの茶店に中年の武士がいるのに気付いた。

「親分、頭巾を被っていた野郎ですよ」

亀吉は、羽織袴から中年の武士が頭巾を被っていた者だと見抜いた。

「ああ。大崎って名前だと、長さんが云っていたな……」

「ええ。他の奴らはどうしたんですかね……」

「おそらく平八郎の旦那を捜しているんだぜ。よし。大崎は俺が見張る。この事を平八郎の旦那に報せてくれ」

「合点《がってん》です」

亀吉は駆け去った。

伊佐吉は物陰に潜み、茶店にいる大崎を見張った。

大崎は、伊佐吉の視線を感じたのか鋭い視線を向けた。

伊佐吉は、咄嗟に物陰に隠れた。

大崎は、伊佐吉に気付かず視線を戻した。

危ねえ……。

伊佐吉は、大崎が思った以上に剣の腕が立つと睨んだ。

「そうか、大崎が大木戸で俺を待っていますか……」

平八郎は眉をひそめた。

「はい。配下の連中は平八郎さんを捜し廻っているようです」

亀吉は告げた。

「さあて、どうします……」

長次は、平八郎を窺った。

「もう約束の刻限です。大崎がいなくなるのを待つ訳にはいきません。もし、大崎がどうでも書状を奪うと云うなら斬り合う迄……」

平八郎は、不敵に云い放った。


袖ヶ浦の浜辺に打ち寄せる波は、夕陽に赤く煌めき始めた。

平八郎は、高輪大木戸に向かった。

高輪大木戸の傍の茶店にいた大崎が、平八郎に気付いて出て来た。

平八郎は、大崎に嘲りの一瞥を与えて料理屋『儀村』に行こうとした。

「待て……」

大崎は、平八郎の前に立ちはだかった。

平八郎は立ち止まった。

伊佐吉と亀吉は見守った。

「私に用か……」

「預かった書状、渡して貰おう」

大崎は、平八郎の腰に結んだ風呂敷包みを示した。

「そうはいかぬ……」

平八郎は苦笑した。

「渡せぬと申すなら、奪い取る迄……」

大崎は、殺気に満ちた眼で平八郎を見据えた。

「ならば大崎さん、ちょいと付き合って貰おう」

平八郎は笑い掛けた。

「何故、俺の名を……」

大崎は、己の名が知れているのに戸惑った。

平八郎は苦笑し、袖ヶ浦の浜辺に向かった。

大崎は、平八郎の出方に戸惑いながらも続いた。

袖ヶ浦には夕陽が映え、潮騒が響き渡っていた。

平八郎は、浜辺で大崎と対峙《たいじ》した。

伊佐吉と亀吉は、物陰から見守った。

「大崎さんは、側室の産んだ嫡男側ですか、それとも正室の産んだ次男側ですか……」

平八郎は、世間話をするかのように尋ねた。

「何……」

大崎は戸惑った。

「事は横山藩の家督《かとく》争いですね」

平八郎は、構わず斬り込んだ。

「何故、知っている……」

大崎は狼狽えた。

「大崎さん、私も危ない仕事をする時は、それなりの手を打ちますよ。で、嫡男側と次男側、どっちですか……」

「横山藩成瀬《なるせ》家の家督を継《つ》ぐのは、御正室さまのお産みになられた梅千代《うめちよ》さまに決まっている……」

大崎は、一介の浪人が横山藩成瀬家の家督争いを知っている事に狼狽えた。

「ならば次男側、江戸家老の一派ですか……」

仕事を依頼した江戸下屋敷留守居番の大森兵庫は、側室の産んだ十五歳の嫡男側で江戸留守居役の一派なのだ。

平八郎は読んだ。

「おのれ……」

大崎の狼狽は募った。

「聞く処によると、側室の子である嫡男、毒を盛られて危うく命を落としそうになったとか。それは、やはりおぬしたちの仕業……」

平八郎は、嘲りを浮かべて大崎を見据えた。

「黙れ……」

大崎は、焦りを滲ませた。

「それ故、仔細を書き認《したた》めた書状が参勤で江戸に来る殿さまの手に渡るのを恐れ、何としてでも奪い取るか……」

平八郎は、大崎の腹の内を読んだ。

次の瞬間、大崎は抜き打ちの一刀を平八郎に放った。

平八郎は、跳び退いて躱した。

大崎は、浜辺の砂を飛ばして平八郎との間合いを詰めた。
出来る……。
平八郎は後退し、大崎の剣の腕を見定めながら間合いを保った。
大崎は苛立ち、間合いを詰めながら平八郎に鋭く斬り付けた。
閃きが走り、刃風は唸った。
平八郎は、大崎の斬り込みを躱しながら後退し続けた。
大崎は、平八郎が間合いを保つ為に後退すると読み、大きく斬り付けた。
刹那、平八郎は踏み込み、抜き打ちの一刀を閃かせた。
大崎は驚き、体勢を崩しながら必死に平八郎の抜き打ちを躱した。
平八郎は、大崎の脇を擦り抜けて振り返った。
大崎は、慌てて体勢を整えた。着物の胸元が斬られて垂れ下がった。
大崎は怯んだ。
平八郎は、上段から鋭く斬り下げた。
大崎は、咄嗟に下段から斬り上げた。
二振りの白刃が、夕陽に煌めきながら交錯した。
平八郎は、僅かに身を沈めて残心《ざんしん》の構えを取った。

下段から斬り上げた大崎は、その身体を伸びきらせていた。

「お、おのれ……」

大崎は、憤怒に顔を醜《みにく》く歪めて砂浜に横倒しになった。

砂浜に血が飛び散った。

平八郎は、刀に拭いを掛けて鞘に納め、横倒しになった大崎の様子を見た。

大崎は、肩口から心の臓を斬られて絶命していた。

平八郎は手を合わせた。

伊佐吉と亀吉が駆け寄って来た。

「終わったな……」

伊佐吉は、大崎の死を見届けた。

「ああ、どうにかな……」

「よし。後の始末は引き受けた。礒村に行ってくれ」

「すまん……」

平八郎は、袖ヶ浦の浜辺から大木戸に戻った。

料理屋『礒村』は客で賑わっていた。

長次は、帳場の框《かまち》に腰掛けていた。

番頭が、奥から主と思われる羽織を着た初老の男と出て来た。

「大森兵庫さまのお遣いにございますか……」

羽織を着た初老の男は、眉をひそめて長次に尋ねた。

「儀村の旦那さまにございますか……」

「はい、儀村の主の徳蔵《とくぞう》と申します」

「そうですか。では、この書状を……」

長次は、書状を差し出した。

「は、はい。確かに……」

徳蔵は、眉をひそめて書状を受け取った。

平八郎は、大崎と斬り合う覚悟で書状を儀村に届けるように長次に頼んだ。

長次は、申の刻七つ半になる寸前に料理屋『儀村』に駆け込んだ。

申の刻七つ半迄に届ける約束は守った。

「矢吹平八郎どのはどうしたのだ……」

白髪頭の老武士が、厳しい面持ちで奥から出て来た。

「御武家さまは……」

長次は眉をひそめた。

「儂か、儂は……」

白髪頭の老武士は言い淀んだ。

「長次さん、その方が横山藩江戸下屋敷留守居番大森兵庫さんですよ」

平八郎が入って来た。

「矢吹どの……」

大森は戸惑った。

「大森さん、どうやら私は敵を引き付ける餌《えさ》、偽《にせ》の書状を運んだ囮《おとり》でしたか……」

「う、うむ……」

大森は、白髪眉をひそめた。

「大森さま、此処ではなんでございます。奥の座敷で……」

徳蔵は執《と》り成した。

料理屋『儀村』の奥座敷は、行燈の明かりに照らされていた。

「申し訳ござらぬ……」

大森は、平八郎と長次に白髪頭を下げて詫びた。

「やはり、睨み通り囮でしたか……」

平八郎は苦笑した。

「うむ。下屋敷を見張っていた者共がおぬしを追ったのを見届け、儂は早駕籠《はやかご》を仕立てて此処に先廻りをした……」

「大森さまは、御側室のお産みになられた御嫡男を担《かつ》いでいるのですか……」

「なに……」

大森は、激しく狼狽した。

「今、横山藩成瀬家は世継ぎを巡ってお家騒動になりかけている」

平八郎は、大森を見据えて告げた。

「お、おぬし、どうしてそれを……」

大森は声を震わせた。

「噂ですよ、噂。ですが、その噂、どうやら本当のようですね」

平八郎は、長次と顔を見合わせて笑った。

「や、矢吹どの……」

大森は焦った。

「大森さま。私は一朱で書状を此処に届ける為に雇われた迄、噂が本当であろうがなかろうが拘わりありません」

「な、ならば矢吹どの……」

大森は困惑した。

「私は大名家のお家騒動に拘わろうとは思っちゃあいませんよ」

平八郎は苦笑した。

「矢吹どの、儂は我が殿に忠義を尽くすだけ、どちら側にも与《くみ》しておらぬ」

大森は、真剣な面持ちで告げた。

「ならば何故……」

平八郎は戸惑った。

「矢吹どの、儂は殿の密命を受け、御嫡子に毒を盛った者が誰か密かに探っていましてな。それで毒を盛ったのが江戸家老の腹心の目付、大崎京之介と突き止めた。それを殿にお報せしようと何人も遣いを出したのですが、悉《ことごと》く大崎たちに斃《たお》され……」

大森は、悔しげに白髪眉をひそめた。

「それで、私を雇いましたか……」

「左様、こうした事に打って付けの浪人だと、口入屋の万吉が折紙を付けたのでな」

あの狸親父……。

平八郎は、狸面の万吉の顔を思い出し、腹の中で罵《ののし》った。

「それにしても大森さま、お殿さまの参勤行列の御到着は明日と聞いております。どうして今日の申の刻七つ半迄と……」

長次は首を捻った。

「実はな、殿は密かに先乗りされ、申の刻七つに礒村に御到着されておられるのだ」

大森は、白髪眉をひそめて囁いた。

襖が開き、二人の近習《きんじゅ》を従えた中年の武士が入って来た。

「と、殿……」

大森兵庫は平伏した。

「殿……」

平八郎と長次は驚いた。

「左様。成瀬駿河守だ。我が藩の愚か者共がいろいろ面倒を掛けたようだな。詫びを申す」

「いえ……」

「それから、礼も申しておこう。この通りだ」

横山藩藩主成瀬駿河守は、平八郎と長次に深々と頭を下げた。

「いえ。私は大森さまに一日一朱で雇われた只の素浪人。礼などには及びません」

平八郎は慌てた。


居酒屋『花や』は賑わっていた。

平八郎は、伊佐吉、長次、亀吉と奥の小座敷で酒を飲んだ。

「それで成瀬の殿さま、跡目をどうするんだ」

伊佐吉は平八郎に酌をした。

「すまぬ。正室の産んだ次男は未だ二歳。先ずは側室の産んだ十五歳の嫡男を跡目にするそうだ」

「ま、そいつが順当な処だな」

「ああ……」

「それにしても、殿さまが出て来るとは驚きましたよ」

長次は苦笑した。

「はい。平八郎さん……」

おりんが、数本の徳利を持って来た。

「あれ、酒、こんなに頼んだか……」

平八郎は戸惑った。

「口入屋の万吉さんが、無事に帰って来たら好きなだけ飲ましてやってくれってね」

おりんは笑った。

「食えない狸親父だ……」

平八郎は苦笑した。

割りの良い危ない仕事は終わった。

第四話　鬼百合《おにゆり》

給金は晩飯と徳利一本だった。

一

その割りには扱《こ》き使う……。

平八郎は、いろいろな味噌《みそ》や鰹節《かつおぶし》などを包んだ風呂敷包みを背負《せお》い、両手には皿や丼の包みを提《さ》げておりんの後を付いて歩いた。

おりんは、月に一度の味噌や鰹節の買出しに加え、新しい皿や丼を買う事にして平八郎を荷物運びに雇った。その給金が晩飯と徳利一本だった。

下谷《したや》広小路は、東叡山寛永寺の参拝客や不忍池に来た人々で賑わっていた。

おりんは、下谷広小路にある馴染の店を巡り歩いた。

平八郎は風呂敷包みを背負い、両手に皿や丼の包みを提げておりんに続いた。そして、おりんが知り合いと楽しげにお喋りしている間、往来の片隅に佇んで待った。

「お待たせ。さあ、行きましょう」

おりんは、さっさと歩き出した。

「次は何処だ」

「もう終わり、帰るんですよ」

おりんは苦笑した。

「そうか。終わったか……」

平八郎は、思わず安堵の笑みを浮かべた。

おりんと平八郎は、下谷広小路から湯島天神裏門坂通りを抜けて明神下の通りに入った。

明神下の通りには様々な人が行き交っていた。

「あっ……」

おりんは小さな声をあげて立ち止まり、擦れ違った女を振り返った。

擦れ違った女は、おりんと同じ年頃で粋《いき》な形《なり》をしていた。

おりんは、擦れ違って行く粋な形の女を見送った。

「あの女がどうかしたか……」

平八郎は、去って行く粋な形の女の後ろ姿を怪訝に眺めた。

「えっ、ええ……」

おりんは、戸惑った面持ちで去って行く粋な形の女を見詰めた。

「知っている女か……」

「って云うか、おゆりちゃんって幼馴染《おさななじ》みに良く似ているんですよ」

おりんは眉をひそめた。

「幼馴染みのおゆり……」

「ええ。平八郎さん、私、ちょいと追い掛けてみます。先に花やに戻って下さいな」

おりんはそう云い、粋な形の女を小走りに追い掛けた。

「お、おりん……」

平八郎は続こうとした。だが、風呂敷包みを背負い、両手に皿と丼を提げて追い掛ける訳にはいかない。

おりんは、粋な形の女を追って湯島天神裏門坂通りに曲がって消えた。

平八郎は見送るしかなかった。


半刻以上が過ぎた。

平八郎は、荷物を居酒屋『花や』に運んでおりんの帰るのを待った。だが、おりんは半刻以上が過ぎても帰らなかった。

「遅いな……」

平八郎は、戸口から外を窺った。

「平八郎さん、おりんはおゆりって云ったのかい……」

貞吉が、板場から店に出て来た。

「うん。幼馴染みだと云っていた……」

「幼馴染みか。やっぱり小間物屋の紅梅堂《こうばいどう》のおゆりちゃんだな……」

「紅梅堂のおゆり。親父さんも知っているのか……」

「ああ。子供の頃、おりんと良く遊んでいたからな……」

「へえ。それが大人になって疎遠《そえん》になっていたか……」

平八郎は読んだ。

「いいや。紅梅堂、夜逃げしたんだよ」

貞吉は煙管を燻《くゆ》らせた。

「夜逃げ……」

平八郎は眉をひそめた。

「ああ。ありゃあ、おりんが七つ八つの頃だったから十五、六年前になるかな。おゆりちゃんの父親の文七《ぶんしち》、博奕にのめり込んで借金作ってな……」

「夜逃げですか……」

「女房子供を連れてな。文七は身から出た錆《さび》、同情はしないが、女房やおゆりちゃんたち子供は哀れなもんだぜ」

貞吉は腹立たしげに告げ、煙管の灰を煙草盆の灰落としに叩き落とした。

「じゃあ、おりんとおゆりはそれ以来、逢っちゃあいなかったんですか」

「ああ。今日、逢ったとしたなら十五年振りか、十六年振りか……」

貞吉は、煙管を煙草入れに仕舞った。

「それで、追い掛けたのか……」

平八郎は、おりんが粋な形の女を追った理由を知った。

おりんの追った女が、夜逃げをした幼馴染みのおゆりなら粋な形になる迄にはいろいろな事があったのに違いない。

平八郎は読んだ。

「それにしても、平八郎さんが帰って来てかれこれ半刻以上は過ぎたな……」

「うむ。遅いな。ちょいとそこ迄、見て来ますか……」

「すまないが、そうしてくれるか……」

貞吉は、微かな安堵を過らせた。

「うん……」

平八郎は、居酒屋『花や』を出た。

明神下の通りから湯島天神裏門坂通り……。

平八郎は、おりんが粋な形の女を追い掛けた道筋を辿《たど》った。

道筋に変わった事はない……。

平八郎は、湯島天神裏門坂通りを進んで下谷広小路に出た。

下谷広小路は相変わらず賑わっていた。

さあて、何処に行ったのか……。

平八郎は、下谷広小路の賑わいを眺めた。

賑わいを来るおりんの姿が見えた。

「おりん……」

平八郎は、雑踏を掻き分けておりんの許に駆け寄った。

「おりん……」

平八郎は呼び掛けた。

俯き加減に来たおりんは、驚いたように平八郎を見上げた。

「平八郎さん……」

おりんは、哀しげに眉をひそめた。

「どうした……」

平八郎は戸惑った。

粋な形をした女は、幼馴染みのおゆりではない……。

「あの女、そう云ったのか……」

平八郎は問い質《ただ》した。

「ええ。私が追い付いておゆりちゃんじゃあないって訊いたら違うって。だから私、花やのおりんだと云ったのよ。そうしたら……」

おりんは吐息を洩らした。

「そうしたら、どうしたんだ」

貞吉は、話の先を促した。

「自分はおまさって名前で、おゆりじゃあないと……」

「おまさ……」

平八郎は眉をひそめた。

「ええ。でも私、面と向かったら尚更《なおさら》、おゆりちゃんだと思えて……」

「だが、女は違うと言い続けたか……」

「ええ。自分はおまさで、花やのおりんさんなんて知らないと……」

おりんは、淋しげに頷いた。

「おりん、人には云いたくない事もある。人違いだったんだ。忘れな」

貞吉は、話を打ち切るように板場に戻った。

「お父っつあん……」

おりんは困惑した。

「おりん、親父さんの云う通りかもしれぬな」

平八郎は、貞吉の優しさを感じた。

「でも平八郎さん、あの人はどう見たっておゆりちゃんなのよ。それに……」

おりんは眉をひそめた。

「それに、どうしたんだ……」

「違うと云って行こうとしたおゆりちゃんを追い掛けようとしたら、眼付きの悪い遊び人風の男が出て来て私を睨んだんですよ」

おりんは、微かな怯えを過らせた。

「眼付きの悪い遊び人風の男……」

平八郎に疑惑が湧いた。

遊び人風の男は、おゆりを追い掛けようとしたおりんの邪魔をした。

まるで、おゆりとおりんを見張っていたように……。

平八郎の疑惑は募った。

「ええ。紺と黄の縦縞《たてじま》の派手な半纏《はんてん》を着た奴ですよ。それで私……」

おりんは肩を落とした。

「追うのを思い止まったか……」

「ええ……」

「それで良かったんだよ。で、遊び人はどうした」

「おゆりちゃんの後を追って行きましたよ」

「どっちに……」

「平八郎さん……」

おりんは、平八郎を見詰めた。

「おりん、お前が良けりゃあ、ちょいと探ってみるが……」

平八郎は探りを入れた。

「本当……」

おりんは微笑んだ。

「ああ……」

「じゃあ、一日二食と徳利一本……」

おりんは、そう云って平八郎に手を合わせた。

「よし、決まった。で、おゆりと遊び人はどっちに行ったんだ」

「山下《やました》の方ですよ……」

山下は、寛永寺の東にある道で千住《せんじゅ》に続いていた。

「となると、入谷《いりや》から根岸《ねぎし》かな……」

平八郎は読んだ。

入谷鬼子母神《きしぼじん》は安産・子育ての守護神であり、その境内には木洩れ日が揺れていた。

平八郎は、粋な形をしたおまさと云う名の女を捜して、入谷鬼子母神近くの下谷坂《さか》本《もと》丁一帯の木戸番に尋ね歩いた。だが、粋な形をしたおまさと云う名の女を知る木戸番はいなかった。

平八郎は、鬼子母神の境内で一息ついた。

「次は御切手町《ごぎってちょう》か……」

御切手町は、関所などを通る時に必要な切手を扱う御切手同心が拝領した地だが、今は町家になっていた。

平八郎は、鬼子母神の境内を出て御切手町の木戸番に向かった。


「粋な形をした女ねえ……」

御切手町の老木戸番は首を捻った。

「うん。歳の頃は二十四、五の女で名はおまさって云うんだが、町内で見掛けないかな……」

「さあ……」

老木戸番は、首を捻るばかりだった。

「そうか、知らないか……」

平八郎は吐息を洩らした。

「父っつあん、煙草をくれ」

紺と黄の縦縞の半纏を着た男が、木戸番屋の店先を訪れた。

木戸番は町に雇われており、店先では荒物を売っていた。

「すまねえが、煙草は置いちゃあいねえよ」

「そうか、邪魔したな……」

半纏を着た男は、木戸番屋を離れて行った。

紺と黄の縦縞の派手な半纏を着た男……。

平八郎は、おりんの言葉を思い出した。

「何処の誰だい……」

平八郎は、去って行く半纏を着た男を示した。

「寅吉《とらきち》って博奕打ちだよ」

老木戸番は、微かな嘲りを浮かべた。

「寅吉か。造作を掛けたな」

平八郎は、老木戸番に礼を云って寅吉を追った。

寅吉を追えば、粋な形をしたおまさの居所が分かるかも知れない。

平八郎は、寅吉を追った。

寅吉は、御切手町にある沼の畔を進んだ。

平八郎は追った。

紺と黄の縦縞の半纏は目立ち、追うのに苦労はなかった。

平八郎は、充分に距離を取って寅吉を追った。

寅吉は東に進み、越中《えっちゅう》国富山《とやま》藩江戸下屋敷の前を抜けた。

浅草に行くのか……。

平八郎は、寅吉の行き先を読んだ。

寅吉は寺町を抜け、金龍山浅草寺《きんりゅうざんせんそうじ》の境内を西から東に横切って浅草花川戸《はなかわど》町《ちょう》に出た。

さあて、花川戸の何処に行く……。

平八郎は、寅吉との距離を詰めた。

浅草花川戸町は隅田川《すみだがわ》沿いの町だ。

寅吉は、浅草広小路から続く花川戸町の往来を進んだ。そして、三下奴《さんしたやっこ》が表を掃除している家に向かった。

「こりゃあ、寅吉の兄貴……」

三下奴は、掃除の手を止めて寅吉に挨拶をした。

「おう……」

寅吉は頷き、三下奴が表を掃除している家に入った。

平八郎は見届けた。

寅吉が訪れたのは、博奕打ちの貸元の家だ。

平八郎は、辺りを見廻した。

鍋の底を叩く音がした。

行商の老鋳掛屋《いかけや》が、斜向かいの下駄屋の路地に店を開いていた。

平八郎は、老鋳掛屋に近付いた。

「父っつあん、ちょいと訊きたいのだが……」

「なんだい……」

老鋳掛屋は、平八郎を怪訝に見上げた。

「あそこの家、博奕打ちの貸元の家のようだが、何て貸元か知っているかな」

「ああ。花川戸の仙蔵《せんぞう》って貸元の家だよ」

老鋳掛屋は、眉をひそめて囁いて鍋の底を叩いた。

「花川戸の仙蔵か……」

「お侍、用があるのかい……」

「う、うん。ちょいと金を貸している野郎が出入りしているようでな」

「そいつは、踏み倒されねえように気を付けるんだな」

老鋳掛屋は、意味ありげな笑みを浮かべた。

「ほう。踏み倒すか……」

平八郎は苦笑した。

「ああ。博奕の借金の取立ては厳しいが、手前の借金の返済には知らぬ存ぜぬで逃げ廻るって専《もっぱ》らの噂だぜ……」

「酷いな……」

「ま、下手に取立てると何をするか分からねえ剣呑《けんのん》な奴らだからな……」

老鋳掛屋は吐き棄て、鍋の底を叩いた。

「そうか……」

平八郎は、博奕打ちの貸元・仙蔵の家を見詰めた。

陽は西に傾いた。

二

夕陽が隅田川の流れを染め始めた。

羽織を着た肥《ふと》った初老の男が、寅吉と中年の浪人を従えて仙蔵の家から出て来た。

「あの肥った野郎が、貸元の仙蔵だぜ」

老鋳掛屋は示した。

「奴が仙蔵か……」

平八郎は見守った。

仙蔵は、寅吉と中年の浪人を従えて花川戸町の通りを今戸町《いまどちょう》に向かった。

「何処に行くにも用心棒だ。かなり憎まれたり恨まれたりしてんだろうな」

老鋳掛屋は嘲笑った。

「成る程。父っつあん、世話になったな」

「ああ。気を付けていきな……」

老鋳掛屋は、皺だらけの顔で笑った。

平八郎は、老鋳掛屋に礼を云って仙蔵、寅吉、用心棒の浪人を追った。


連なる寺の屋根は、夕陽に照らされて赤く輝いていた。

仙蔵、寅吉、用心棒の浪人は、花川戸町から隣りの今戸町に入り、連なる寺の裏手に進んだ。

賭場《とば》に行く……。
平八郎は、仙蔵たちの行き先を読んだ。
仙蔵たちは土塀沿いの小道を進み、三下奴たちに迎えられて或《あ》る寺の裏木戸を潜った。
賭場だ……。
平八郎は見定めた。
仙蔵、寅吉、用心棒の浪人は、睨み通りに賭場に来た。
平八郎は寺の表に廻り、山門に掲げられた扁額《へんがく》を読んだ。
清玄寺《せいげんじ》……。
博奕打ちの貸元の仙蔵は、清玄寺の裏庭の家作を借りて賭場にしていた。
粋な形のおまさが寅吉と繋がりがあるならば、博奕とも拘わりがあるのかもしれない。
平八郎は読んだ。
日は暮れていく。
清玄寺の裏手の小道には、虫の音が満ち溢れていた。

賭場は開帳した。

裏手の小道に提灯が揺れ、賭場の客がやって来た。

迎えた三下奴が、客を賭場に案内して行き、裏木戸には誰もいなくなった。

平八郎は、誰もいなくなった裏木戸を素早く潜り、植込みの陰に潜んだ。そして、客を賭場に案内した三下奴が、裏木戸に戻るのを見届けて家作に入った。

賭場には煙草の煙と熱気が満ち溢れていた。

平八郎は、次の間で一息ついている客と一緒に賭場を窺った。

大店の旦那や隠居、小旗本らしき侍が盆茣蓙《ぼんござ》を囲んでいた。

貸元の座には仙蔵がおり、用心棒の浪人が背後に控えていた。

寅吉の姿は見えなかった。

賭場は緊張した雰囲気に包まれ、客たちは一喜一憂していた。

平八郎は、休息している客たちの背後から盆茣蓙を見守った。

僅かな時が過ぎた。

盆茣蓙を囲む客たちが、一方を見て騒《ざわ》めいた。

寅吉が、洗い髪の女を誘《いざな》って来た。

洗い髪の女は、壺振りの座に座った。
「壺振り、おまささんに代わります」
寅吉は、客たちに告げた。
おまさ……。
平八郎は戸惑った。
おまさは、客たちに会釈をして片肌を脱《ぬ》いだ。
晒《さら》しを胸元迄巻いたおまさの背には、鮮やかな鬼百合《おにゆり》の彫《ほ》り物があった。
客たちは短く響動《どよ》めいた。
おまさは、艶然《えんぜん》と微笑んで壺と賽子《さいころ》を手にした。
背中に彫られた鬼百合が揺れた。
鬼百合の彫り物をしたおまさ……。
平八郎は眉をひそめた。
おまさは、おりんが幼馴染みのおゆりだとして追った粋な形をした女だった。
「参ります……」
壺振りのおまさは、鮮やかな手捌《てさば》きで壺を振った。
燭台《しょくだい》の明かりが瞬いた。

おまさの白い肌に彫られた鬼百合は、燭台の明かりを浴びて妖艶に揺れた。

平八郎は、妖艶に揺れる鬼百合に微かな淋しさを感じた。

おゆり……。

平八郎は、壺を振るおまさを見詰めた。


居酒屋『花や』は馴染客も帰り、暖簾を仕舞って商いを終えた。

平八郎は、徳利一本の酒と残り物の料理で遅い晩飯を食べ終えた。

「ああ。やっと落ち着いた……」

平八郎は、空の猪口の上に徳利を逆さにした。

徳利から酒の雫《しずく》が空の猪口に滴《したた》り落ちた。

平八郎は、酒の雫を未練げに飲み干した。

「それで、おゆりちゃん、見付かったの……」

おりんは、待ち兼ねたように尋ねた。

「おまさは見付けたよ」

「流石《さすが》は平八郎さん、何処にいたの……」

おりんは身を乗り出した。

「おりん、俺が見付けたのは粋な形をしたおまさであり、お前の幼馴染みのおゆりじゃあない……」

平八郎は告げた。

「どうして……」

おりんは戸惑った。

「う、うん……」

「おまさんが、おゆりちゃんじゃないって証《あかし》、何かあったの……」

「まあな……」

平八郎は、言葉を濁した。

「平八郎さん、何があったかはっきり云って下さいな」

おりんは、僅かに苛立った。

「うん……」

平八郎は迷った。

「おりん……」

貞吉が板場から出て来た。

「何よ……」

「調べた平八郎さんが、おまさはおゆりちゃんじゃあないと云っているんだ。それで良いじゃあないか……」

貞吉は、淋しげな笑みを浮かべた。

「でも、お父っつあん……」

おりんは、哀しげに眉をひそめた。

平八郎は気になった。

「おりん、どうしてそんなにおゆりを気にするんだ……」

「平八郎さん、私、おゆりちゃんに恩を返さなければならないのよ」

「恩……」

平八郎は眉をひそめた。

「ええ。おゆりちゃん、子供の頃、苛《いじ》められたり仲間はずれにされた私をいつも助けてくれたのよ。でも私、おゆりちゃんに何もしてあげられなかった。夜逃げする前に何の恩返しも出来なかった……」

おりんは涙ぐんだ。

「おりん、お前は未だ子供だった。仕方がないさ……」

貞吉は慰めた。

「でも、お父っつぁん……」

「おりん、平八郎さんは、お前を哀しませたくないんだよ」

「哀しませたくない……」

おりんは眉をひそめた。

「ああ。それでも聞きたいかい……」

貞吉は、おりんを窺った。

「ええ……」

おりんは、悪い話だと気付きながらも、覚悟を決めたように頷いた。

「平八郎さん……」

貞吉は、平八郎に苦笑して見せた。

「そうか、分かった。実はなおりん、おまさは賭場の壺振り、博奕打ちだ……」

平八郎は告げた。

「壺振り……」

「博奕打ち……」

おりんと貞吉は、思わず顔を見合わせた。

「ああ。背中に鬼百合の花の彫り物を入れたな……」

「鬼百合の花の彫り物……」

おりんは驚いた。

「うむ。背に鬼百合の花の彫り物をいれた女壺振りの博奕打ち。それが粋な形をしたおまさの素性だ」

平八郎は教えた。

おりんは、驚きに言葉を失っていた。

「背中に鬼百合の花の彫り物か……」

貞吉は吐息を洩らした。

「ああ……」

平八郎は、厳しい面持ちで頷いた。

「おりん。平八郎さんの云う通り、おまさはいても、おゆりちゃんはいないんだ……」

「お父っつあん……」

「おりん、おゆりちゃんの事は忘れるんだ」

貞吉は、おりんに云い聞かせた。

「おりん、おまさは背中に鬼百合の彫り物を入れ、名前やそれ迄の自分、昔の何もかも棄てて生きて来たのかもしれぬ。だとしたなら、おゆりの昔を思い出させるような真似は、しない方がいいのかな……」

平八郎は、冷えた茶をすすった。

「ええ……」

おりんは、淋しげな面持ちで頷いた。

「背中に鬼百合の花の彫り物を入れる迄には、きっといろんな辛くて哀しい事があったんだろうな……」

平八郎は、おゆりに想いを馳せた。

「ああ……」

貞吉は頷いた。

「さあておりん、おゆり捜しはこれ迄だな」

平八郎は、一日二食徳利一本の仕事を呆気なく失った。

「ええ。御苦労さま……」

おりんは、平八郎の前の空の皿や丼、徳利や猪口を盆に載せて板場に下げた。

「平八郎さん……」

貞吉は、板場のおりんの様子を窺って平八郎に囁いた。

「なんです……」

「女壺振りのおまさ、ちょいと探ってみちゃあくれねえかな……」

貞吉は囁いた。

「えっ……」

平八郎は戸惑った。

「こいつで頼めるか……」

貞吉は、巾着から一朱金を一枚取り出して平八郎に差し出した。

「一日一朱か……」

平八郎は、思わず顔を綻ばせた。

「いや。五日で一朱だ」

「五日で一朱かあ……」

平八郎は眉根を寄せた。

「よし、それに一日二食に徳利が一本だ」

貞吉は、大きな決断をするように告げた。

「決まった……」

平八郎は、嬉しげに一朱金を握り締めた。

「ああ。だけど親父さん、どうしておまさを探るのだ」

「じゃあ頼んだぜ」

平八郎は眉をひそめた。

「何か為出《しで》かすような気がしてな。これ以上、辛く哀しい思いはさせたくねえ……」

貞吉は、己を嘲るような笑みを浮かべて板場に入って行った。

己の優しさに照れている……。

平八郎は苦笑した。


女壺振りのおまさ……。

平八郎は、何処から探るか思案した。

今の処、おまさに繋がる者は、博奕打ちの貸元の仙蔵と寅吉しかいない。

先ずは、おまさの居所だ……。

平八郎は、入谷御切手町の木戸番を再び訪れた。

「ああ。博奕打ちの寅吉なら鬼子母神の裏の紫陽花《あじさい》長屋に住んでいるが……」

老木戸番は眉をひそめた。

「鬼子母神裏の紫陽花長屋か……」

平八郎は念を押した。

「うん。寅吉の野郎、どうかしたのかい……」

「なあに、ちょいと訊きたい事があってな。邪魔したな……」

平八郎は、木戸番屋を出て鬼子母神に向かった。

鬼子母神裏の紫陽花長屋の井戸端では、中年のおかみさんたちがお喋りをしていた。

平八郎は木戸を入り、中年のおかみさんたちに近付いた。

「ちょいと尋ねるが、寅吉の家は何処かな」

平八郎は尋ねた。

中年のおかみさんたちは顔を見合わせ、平八郎に警戒の眼差しを向けた。

寅吉は、長屋のおかみさんたちに嫌われている……。

平八郎は苦笑した。

「お侍、寅吉の仲間かい……」

中年のおかみさんたちは、寅吉への敵意を露骨に見せた。

「違う。ちょいと訊きたい事があって来ただけだ。もし、惚けたら痛め付けてくれる」


平八郎は、中年のおかみさんたちの敵意に乗った。

「あら、そいつは楽しみだねえ。寅吉の家は一番奥だよ」

中年のおかみさんたちは、楽しげに笑いながら一番奥の家を指差した。

「寅吉、いるかな……」

「ああ。未だ寝ているよ」

「早起きの博奕打ちなんて聞いた事ないよ」

「そりゃあそうだな……」

平八郎は、苦笑して寅吉の家に向かった。

中年のおかみさんたちは、まるで芝居《しばい》でも観るかのように見守った。

平八郎は、奥の家の腰高障子を叩いた。

家の中から返事はない。

平八郎は、家の中の様子を窺った。

男の鼾《いびき》が微かに聞こえた。

寅吉はいる……。

平八郎は、腰高障子を引いた。

腰高障子は容易に開いた。

平八郎は振り返った。

中年のおかみさんたちは、期待に眼を輝かせて手を振った。

平八郎は苦笑し、寅吉の家に踏み込んだ。


狭い家の中は薄暗く、寅吉が鼾を搔《か》いて眠っていた。

「寅吉……」

平八郎は、寅吉を揺り動かした。

寅吉は呻き、眼を覚ました。そして、平八郎に気が付いて跳ね起きた。

「な、何だ、手前……」

寅吉は驚き、声を震わせた。

「寅吉、女壺振りのおまさは何処にいる……」

平八郎は、笑顔で尋ねた。

「えっ……」

「女壺振りのおまさだ。何処にいるのだ」

「知らねえよ。それより何だ手前は……」

寅吉は凄《すご》んだ。

刹那、平八郎の平手打ちが寅吉の頬に炸裂《さくれつ》した。

頬を平手打ちにされた寅吉は、悲鳴をあげて土間に転げ落ちた。

腰高障子の外から見ていた中年のおかみさんたちが、土間に転げ落ちた寅吉を見て歓声をあげた。

平八郎は、苦笑しながら寅吉に馬乗りになり、右腕を捩子《ねじ》上げた。

寅吉は、激痛に悲鳴をあげた。

「何処にいるんだ、壺振りのおまさは。云わなければ、指の二、三本へし折って賽子や花札を捌けねえようにしてやるぜ……」

平八郎は、寅吉の右手の指を摑んだ。

「止めろ。止めてくれ……」

寅吉は、恐怖に震えた。

「止めて欲しけりゃあ、おまさの居所を云うんだな」

平八郎は、寅吉の指を反り返らせた。

「浅草、浅草田町《たまち》の植木屋の家作にいる」

寅吉は、恐怖と激痛に声を上擦らせた。

「田町の何て植木屋だ……」

「植甚《うえじん》、植甚です……」

寅吉は喉を鳴らした。

「嘘偽《うそいつわ》りの時は、指を斬り落とす……」

平八郎は、笑いながら脅した。

「う、嘘じゃあねえ。本当だ……」

「よし……」

平八郎は、寅吉を解放して外に出た。

中年のおかみさんたちが叫んだ。

「危ない……」

刹那、平八郎は背後に殺気を覚えた。

「野郎、ぶっ殺してやる……」

鬼のような形相《ぎようそう》の寅吉が、出刃包丁を握り締めて平八郎に突進して来た。

平八郎は、寅吉の出刃包丁を握る腕を抱え込んで大きな投げを打った。

寅吉は、地面に激しく叩き付けられて呻き、気を失った。

中年のおかみさんたちは、歓声をあげて手を叩いた。

平八郎は思わず照れた。

三

浅草田町植木屋『植甚』は、金龍山浅草寺の裏にあった。

平八郎は、植木屋『植甚』を訪れた。

植木屋『植甚』の広い庭には様々な木が植えられており、裏手には垣根に囲まれた小さな家作があった。

壺振りのおまさは、その小さな家作を借りて暮らしている。

平八郎は、垣根越しに小さな家作を窺った。

小さな家作は静まり返り、陽差しを受けた障子は眩しく輝いていた。

平八郎は見守った。

僅かな時間が過ぎた。

直接、訪ねてみるか……。

平八郎がそう思った時、眩しく輝いていた障子が開いた。

平八郎は、素早く垣根に潜んだ。

粋な形のおまさが現われ、縁側の雨戸を閉め始めた。
出掛ける……。
平八郎の勘が囁いた。
おまさは、小さな家作の戸締まりをして出掛けた。
何処に行くのか……。
平八郎は追った。

山谷《さんや》堀の流れは陽差しに煌めいていた。
植木屋『植甚』の家作を出たおまさは、山谷堀沿いの日本堤《にほんづつみ》を西に向かった。
日本堤は、浅草今戸町から下谷三ノ輪丁《みのわちょう》を結んでおり、途中に新吉原がある。
おまさは、新吉原の前を通って日本堤を西に向かった。
平八郎は、慎重に追った。
おまさは、日本堤から三ノ輪丁に出た。そして、山谷堀を渡って通新町《とおりしんまち》に進んだ。
行き先は近い……。
平八郎は睨んだ。
おまさは、寺の山門を潜った。

寺は浄閑寺《じょうかんじ》だった。

おまさは浄閑寺を訪れた。

平八郎は、おまさを追って浄閑寺に入った。

浄閑寺は芝増上寺の末寺であり、俗に投込み寺と称されていた。

投込み寺の謂《いわ》れは、身元不明の死体や引取人のいない遊女の死体の棄て場所とされていたからだ。

おまさは、浄閑寺の墓地の外れの片隅にしゃがみ込んでいた。

平八郎は、おまさの様子を窺った。

おまさは、一尺（約三十センチ）大の石に手を合わせていた。

石は墓石であり、供《そな》えられた線香の煙りが揺れていた。

誰の墓なのか……。

夜逃げをしたおゆりの家族は、両親と弟の四人だった筈だ。墓に葬られているのは、その三人の内の誰かなのかもしれない。

いずれにしろ、投込み寺の片隅に葬られているからには、決して幸せな死に方をした者でないのは確かだ。

おまさは、墓石に額《ぬか》ずいていた。

直《じか》に訊くしない……。

平八郎は、おまさに近付いた。

おまさは、近付く平八郎に気付いて立ち上がった。

「やあ……」

平八郎は微笑み掛けた。

おまさは、怪訝な面持ちで平八郎を見た。そして、直ぐに微かな狼狽を過らせた。微かな狼狽は、平八郎がおりんと一緒にいた浪人だと気付いた証なのだ。それは取りも直さず、おまさがおりんを気にしている証とも云えた。

「紅梅堂のおゆりだね……」

平八郎は、いきなり切り込んだ。

「いいえ、違いますよ……」

おまさは、微かな動揺を見せながらも踏み止まった。

「壺振りのおまさか……」

平八郎は笑みを浮かべた。

おまさは、平八郎を厳しい眼差しで見返した。

「昨夜、今戸の賭場で鮮《あざ》やかな賽子捌きを見せて貰ったよ」

「旦那は……」

「花やの馴染の矢吹平八郎って者だ……」

「矢吹平八郎……」

「ああ。おまさ、背中に鬼百合の彫り物を入れたのは、ゆりと云う本当の名を棄てる覚悟をしたからかな……」

平八郎は、己の睨みを告げた。

「矢吹の旦那、おりんちゃんに頼まれたのですか……」

おまさは、険しい眼を平八郎に向けた。

「いいや、違う……」

「違う……」

おまさは戸惑った。

「ああ。おりんはおまさが鬼百合の彫り物を背負った壺振りだと知り、自分は幼馴染みのおゆりの思い出だけを大切にすると云ったよ」

「おりんちゃんが……」

「うむ。おゆりがどうしておまさになったのか。その理由はおゆりにとって辛く哀しい事だろうし、思い出させるような真似はしたくないとな……」

平八郎は、おりんの気持ちを告げた。

「そうですか……」

おまさは、険しさを消した。

「おまさ、誰の墓だ……」

平八郎は、大きな石の墓石を示した。

「博奕で借金を作り、夜逃げをした挙《あ》げ句《く》に殺された馬鹿な小間物屋の主の墓ですよ」

おまさは、冷たい口調で告げた。

葬られているのは、小間物屋『紅梅堂』の主でおゆりの父親なのだ。

「死体、引き取らなかったのか……」

「死体を引き取れば、女房や子供の居場所が博奕打ちに知られ、人買いに売り飛ばされる。だから……」

「投込み寺に葬られるのを黙って見ていたのか……」

「それしか出来なかった。でも、結局は見付かっちまって……」

おまさは、己を嘲るような笑みを浮かべた。

「博奕打ちに見付かったのか……」

平八郎は眉をひそめた。

「ええ。それで残った家族三人、ばらばらに売り飛ばされて……」

「おっ母さんと弟、何処に売られたのかは分からないのか……」

「ええ。売られた先も、生きているのか死んでいるのかもね。私はそれから千住の旅籠《はたご》に売られ、十六の歳に飯盛り女郎にされて……」

おまさは、昔を思い出すように遠い眼差しで空を見上げた。

後《おく》れ毛《げ》が微風に揺れた。

「それから旅の盗人と一緒に逃げ出して。いろんな泥水をすすって。気が付いたら渡世人の情婦になっていて、博奕を仕込まれて……」

おまさは苦笑した。

「壺振りのおまさになったか……」

「ええ。良くある話ですよ……」

おまさは、何もかも諦めたかのような凄絶で妖艶な笑みを浮かべた。

凄絶妖艶な笑みは、修羅場を必死に生き抜いて来た女の証なのかもしれない。

「それで、これからどうするのだ……」

「さあ、賭場で稼がせて貰って、また旅にでも出ますよ……」

「それだけか……」

平八郎は、おまさに厳しい眼差しを向けた。

「ええ。他にどうしようてんですか……」

おまさは、平八郎を探るように見た。

「さあな……」

平八郎は苦笑した。

「矢吹の旦那、私は壺振りのおまさ。博奕打ちの渡世人。後は面白可笑《おもしろおか》しく生きていくだけですよ」

「そうか……」

「ええ。じゃあ矢吹の旦那、私はそろそろ失礼します」

「おまさ、一つ訊きたい事がある」

「何ですか……」

おまさは眉をひそめた。

「おゆりの父親、紅梅堂の主に借金を作らせた博奕打ちは、何処の誰だ」

「元鳥越の仙八《せんはち》って博奕打ちですよ」

おまさは、微かな憎しみを過らせた。

「元鳥越の仙八か……」

「ええ……」

「今、どうしているんだ」

「さあ、随分と昔の話、とっくに死んじまったかも知りません。じゃあ……」

おまさは、平八郎に艶然と微笑み掛けて踵を返した。

平八郎は見送った。

おまさは、微風に吹かれながら立ち去って行った。

平八郎は、おまさの後ろ姿に辛さと哀しさ、そして儚《はかな》さを感じた。

浄閑寺の墓地に微風が吹き抜けた。

浅草駒形堂傍の老舗鰻屋『駒形鰻』は、蒲焼《かばや》きの匂いに満ち溢れていた。

鰻の蒲焼きは、平八郎の大好物だ。

平八郎は、思わず生唾《なまつば》を飲み込んだ。

「いらっしゃいませ」

小女《こおんな》のおかよは、平八郎を威勢良く迎えた。

「やあ、おかよちゃん、達者にしていたか」

「はい。お陰さまで……」

おかよは、満面の笑みで頷いた。

「そうか。処で若旦那はいるかな……」

老舗鰻屋『駒形鰻』は、岡っ引の駒形の伊佐吉の実家だ。

「お部屋においでになります。女将さん、平八郎さまですよ」

おかよは、板場にいる女将で伊佐吉の母親のおとよに報せた。

「あらまあ、久し振り……」

「無沙汰をしております」

「いいえ。後で蒲焼きをお持ちしますよ」

「そいつは嬉しいな……」

平八郎は喉を鳴らした。

「では……」

平八郎は母屋にあがり、奥の伊佐吉の部屋に向かった。

「此処に来るとは珍しいな……」

伊佐吉は、平八郎を迎えた。

「うん……」

「で、何に首を突っ込んでいるんだい……」

伊佐吉は、平八郎が何かに拘わっていると読んだ。

「う、うん。鬼百合の彫り物を背負った女壺振りがいてな……」

「鬼百合の彫り物を背負った女壺振り……」

伊佐吉は眉をひそめた。

「ああ。おまさって名前でな……」

平八郎は、事の経緯を伊佐吉に話した。

「へえ。おりんさんの幼馴染みねえ……」

「ああ……」

「それにしても酷い話だな」

伊佐吉は呆れた。

「ああ。博奕に溺《おぼ》れた父親の文七は身から出た錆だが、気の毒なのは人買いに売られた女房子供だ……」

「うん……」

伊佐吉は、女房子供に同情した。

「そこでだ親分、元鳥越の仙八って博奕打ちを知っているか……」

「元鳥越の仙八……」

「ああ……」

「聞かない名前だが、その仙八がどうかしたのか……」

「おまさの父親の文七を博奕に溺れさせ、借金を作らせた博奕打ちだ」

「平八郎の旦那。十五、六年前と云えば、俺も未だ洟垂《はなた》れ小僧《こぞう》だ。博奕打ちに知り合いはいなかったぜ」

伊佐吉は苦笑した。

「そうか。知らぬか……」

平八郎は落胆した。

「今更、仙八を捜してどうするんだ」

「そいつなんだがな。壺振りのおまさ、ひょっとしたら仙八を捜し出して恨《うら》みを晴らそうとしているのかもしれぬと思ってな……」

平八郎は眉をひそめた。

「恨みを晴らすか……」

「ああ……」

「あっても不思議はねえな」

伊佐吉は、平八郎の睨みに頷いた。

廊下に小さな足音がし、鰻の蒲焼きの匂いが漂って来た。

蒲焼きが来る……。

平八郎は、喉を鳴らした。

「そうだ。長さんに聞いてみよう」

「何を……」

蒲焼きに気を取られていた平八郎は、我に返った。

「博奕打ちの元鳥越の仙八の事だぜ」

「そうか、長次さんか……」

「うん。十五、六年前、長さんは死んだ親父の下っ引を務めていた。仙八を知っているかもしれねえ。よし、長さんの処に行こう」

伊佐吉は立ち上がった。

「失礼します。平八郎さま、蒲焼きをお持ちしましたよ」

おかよが廊下から告げた。

「おかよ。急に出掛ける事になった。蒲焼きを食っている暇はねえな」

伊佐吉は告げた。

「そ、そんな。待て、親分、待ってくれ……」

平八郎は慌てた。


「元鳥越の仙八……」

長次は眉をひそめた。

「知っていますか……」

平八郎は、身を乗り出した。

「ええ。小汚ねえ博奕打ちでしてね。お店の旦那衆を博奕に誘い込み、先ずは勝たせて夢中にさせ、それから身ぐるみを剝いで借金漬けにするって質《たち》の悪い野郎ですよ」

長次は、博奕打ちの元鳥越の仙八を知っていた。

「長さん、その仙八、今、どうしているか知っているかい」

伊佐吉は尋ねた。

「仙八の野郎、今は博奕打ちの貸元に成り上がっていますよ」

長次は吐き棄てた。

「博奕打ちの貸元……」

平八郎は、悪い予感に衝き上げられた。

「ええ……」

「長次さん、ひょっとしたら仙八、花川戸の仙蔵じゃありませんか……」

平八郎は、厳しさを滲ませた。

「ええ。そうです。今じゃあ花川戸の仙蔵なんて名乗り、でかい面《つら》をしていますぜ」

長次は頷いた。

「やっぱりそうか……」

平八郎は、思わず吐息を洩らした。

「平八郎の旦那、花川戸の仙蔵、知っているのかい……」

伊佐吉は眉をひそめた。

「ああ。壺振りのおまさ、今、その仙蔵の今戸町の賭場で壺を振っているんだ」

「仙蔵の賭場で……」

伊佐吉は緊張した。

「うん。そいつが花川戸の仙蔵が昔の元鳥越の仙八だと知っての事だとしたら……」

平八郎は、厳しさを浮かべた。

壺振りのおまさことおゆりは、父親の文七を破滅に追い込んだ花川戸の仙蔵に恨みを晴らそうとしているのかもしれない。

平八郎は読んだ。

読みは、伊佐吉や長次も同じだった。

平八郎は、おまさを人殺しの咎人《とがにん》にしたくなかった。

幼馴染みのおりんの為にも……。

平八郎と長次は、おまさと花川戸の仙蔵を密かに見張る事にした。

伊佐吉は、昔起きた神田明神下の小間物屋『紅梅堂』文七の死を改めて調べ始めた。

四

浅草田町の植木屋『植甚』の庭では、職人たちが植木の手入れをしていた。

平八郎と長次は、『植甚』の裏手の家作を訪れた。

垣根に囲まれた小さな家作は、戸締まりがされて雨戸も閉められていた。

「帰って来ていないのかな……」

平八郎は眉をひそめた。

「それとも、一度戻って出掛けたか……」

長次は、おまさの動きを読んだ。

「ええ……」

おまさは、既に今戸町清玄寺の賭場に行ったのかもしれない。

「じゃあ、今戸町の清玄寺に行きますか……」

平八郎と長次は、今戸町の清玄寺に向かった。


夕暮れ時が近付いた。

浅草今戸町の清玄寺は、参拝客もなく静けさに覆われていた。

平八郎と長次は、清玄寺の裏手に廻った。

土塀沿いにある小道に人気はなく、風が木々の梢を揺らしながら吹き抜けていた。

平八郎と長次は、裏木戸から清玄寺の裏庭を窺った。

裏庭の家作では、三下奴たちが賭場を開帳する仕度をしていた。

「賭場、今夜も開帳するようですね」

長次は読んだ。

開帳されるなら、壺振りのおまさも現われる筈だ。

平八郎と長次は、おまさが賭場に現われるのを待つ事にした。

神田明神下の小間物屋『紅梅堂』の主の文七は、不忍池に浮かんで死んでいた。

当時の役人たちは、文七の死を酒に酔って不忍池に落ち、溺れ死んだと見定めて始末していた。

「ま、不忍池に落ちてから死んだか、死んでから落ちたか、今となっては判然としないがな……」

南町奉行所定町廻り同心の高村源吾は、皮肉っぽい笑みを浮かべた。

「高村さま、死んでから落ちたってのは、殺されてから投げ込まれたって事ですね」

伊佐吉は眉をひそめた。

「ま、昔の覚書を読んだ限りじゃあ、そいつも云えるって事だ」

「そうですか……」

「で、伊佐吉、その時の仏がどうかしたのか」

「はい。ひょっとしたら博奕打ちに殺されたかもしれないと思いまして……」

「博奕打ちに殺された……」

「はい……」

「そう云えば、仏は博奕で作った借金を苦にした挙げ句の身投げと、昔の覚書に書いてあったな……」

「そうですか……」

「うむ。じゃあ、伊佐吉の睨みじゃあ、博奕打ちが借金を返さない仏を身投げに見せ掛けて殺した、か……」

「ええ……」

「あり得るかもな……」

高村は眉をひそめた。

「高村さま……」

「伊佐吉、その時の博奕打ちってのが、何処の誰か分かっているのか……」

「はい。その昔は元鳥越の仙八と云いましてね。今は花川戸の仙蔵と名乗っている賭場の貸元です」

「花川戸の仙蔵か……」

「御存知ですか……」

「名前だけだが、聞いた覚えがある」

「そうですか……」

「よし。伊佐吉、元鳥越の仙八と連《つる》んでいた博奕打ちを捜してみるか……」

「はい……」

伊佐吉は頷いた。

南町奉行所同心詰所には、青黒い夕闇がいつの間にか忍び込んでいた。


今戸町清玄寺の家作は闇に包まれた。

花川戸の仙蔵は、用心棒の浪人と共にやって来た。

三下奴たちが裏木戸の陰から現われ、提灯を翳《かざ》して仙蔵と浪人を出迎えた。

仙蔵と浪人は、鷹揚《おうよう》に頷いて家作に入って行った。

「花川戸の仙蔵です……」

「ええ。仙八の野郎、偉そうに……」

長次は苦笑した。

壺振りのおまさは、未だやって来なかった。

平八郎と長次は見張った。

土塀沿いの小道に提灯の明かりが浮かび、賭場の客たちがやって来た。

伊佐吉は、高村源吾や亀吉と伝手を辿って元鳥越の仙八の仲間を捜した。

湯島天神門前にある小さな飲み屋の親父が、元鳥越の仙八と連んでいた博奕打ちの一人だと分かった。

伊佐吉、高村、亀吉は、湯島天神門前町にある小さな飲み屋を訪れた。

小さな飲み屋に未だ客はいなかった。

「元鳥越の仙八ですかい……」

飲み屋の親父は、微かな侮りを滲ませた。

「昔、連んでいたそうだな……」

伊佐吉は訊いた。

「ああ、古い話だが、そいつがどうかしたかい……」

「その時、明神下の紅梅堂って小間物屋の主を博奕の鴨《かも》にしたそうだな」

伊佐吉は、親父を厳しく見据えた。

「えっ……」

親父は戸惑った。

「昔の事は忘れたと云うなら、大番屋に来て貰うぜ。そうすれば、俺たちも思い出すのをいろいろ手伝えるからな……」

高村は笑い掛けた。

「旦那、親分、あっしは仙八に恩も義理もありませんので、それには及びませんぜ……」

親父は苦笑した。

「そいつが利口ってもんだ……」

伊佐吉は、厳しく告げた。


清玄寺の賭場は密やかに開帳された。

壺振りのおまさは、寅吉に誘われて清玄寺の賭場に入って行った。

寅吉は、僅かに腰を曲げて右足を引き摺っていた。昼間、平八郎によって地面に叩き付けられた所為《せい》だ。

平八郎と長次は、物陰から見送った。

「長次さん……」

「あの女が壺振りのおまさですか……」

長次は眉をひそめた。

「ええ。じゃあ、俺たちも行きますか……」

平八郎は、長次を促して清玄寺の裏木戸に潜った。

「どちらさまで……」

三下奴が現われ、平八郎と長次に提灯を翳した。

「寅吉の口利きだぜ……」

長次は告げた。


賭場は熱気に満ちていた。

平八郎と長次は次の間に入り、休息をしている客の背後から盆茣蓙を窺った。

大店の旦那や隠居たち客が盆茣蓙を囲んでおり、貸元の席には仙蔵が座っていた。

そして、仙蔵の背後には用心棒の浪人が控えていた。

寅吉が現われ、仙蔵に何事かを囁いた。

仙蔵は頷き、寅吉と用心棒の浪人に言葉を掛けて廊下に向かった。

おまさが仕掛ける……。

平八郎の直感が囁いた。

「長次さん……」

「ええ……」

長次は、緊張した面持ちで頷いた。

平八郎は、長次を残して廊下に急いだ。


廊下の奥には小部屋があった。

仙蔵は、廊下から小部屋に入って行った。

平八郎は、小部屋に忍び寄った。

「な、何をしやがる……」

仙蔵の怒声があがった。

平八郎は、己の直感が当たったのを知った。

賭場から騒めきがあがった。

平八郎は小部屋に入り、素早く板戸を閉めた。

小部屋では、おまさが血に濡れた匕首を構え、脇腹を押さえて蹲っている仙蔵を見据えていた。

仙蔵の脇腹を押さえている手の間から、血が滴り落ちていた。

平八郎は、おまさが入って来た仙蔵をいきなり刺したと読んだ。

「おまさ……」

平八郎は、おまさに呼び掛けた。

おまさは、平八郎に淋しげな笑みを見せた。

「お、おまさ、どうして……」

仙蔵は、苦しげにおまさを睨み付けた。

「元鳥越の仙八、私が誰か分からないだろう」

おまさは、冷たく仙蔵を見据えた。

「ああ。誰だ。手前は誰なんだ……」

仙蔵は、困惑と恐怖に塗《まみ》れていた。

「その昔、お前にお父っつあんを殺され、人買いに売られた紅梅堂の娘だよ」

「紅梅堂……」

仙蔵は戸惑った。

「忘れたのなら、あの世でゆっくり思い出すんだね」

おまさは匕首を構えた。

「止めろ、おまさ。こんな奴でも殺せば、人殺しだ……」

平八郎は止めた。

「矢吹の旦那。私の気持ち、分かって下さいな……」
おまさは微笑んだ。
微笑みに迷いや躊躇《ためら》いはなく、喜びだけがあった。
人殺しになる覚悟は、疾《と》うの昔に出来ている……。
平八郎は、おまさの覚悟に圧倒されて言葉を失った。
次の瞬間、板戸を蹴倒して用心棒の浪人と寅吉たち博奕打ちが雪崩《なだ》れ込んで来た。
平八郎は、咄嗟に抜き打ちの一刀を放った。
用心棒の浪人と寅吉たち博奕打ちは怯んだ。
「手入れだ。町奉行所の手入れだぞ……」
長次の叫び声が響いた。
寅吉たち博奕打ちは驚き、我先に小部屋から逃げ出した。
「おのれ……」
用心棒の浪人は苛立ち、猛然と平八郎に斬り掛かった。
平八郎は、用心棒の浪人の斬り込みを正面から受け、その腹を鋭く蹴飛ばした。
用心棒の浪人は、思わぬ攻撃に飛ばされて壁に激突して崩れた。
狭い部屋での斬り合いは、手立てを選んではいられない。

平八郎は、容赦のない一刀を用心棒の浪人に浴びせた。

用心棒の浪人は、刀を持つ腕から血飛沫《ちしぶき》を振り撒いて倒れた。

刹那、仙蔵の呻き声が洩れた。

平八郎は、おまさと仙蔵を見た。

おまさは、仙蔵の心の臓に深々と匕首を叩き込んでいた。

仙蔵は、顔を醜く歪めて絶命していた。

「おまさ……」

平八郎は眉をひそめた。

「矢吹の旦那、私はこの時が来るのを願っておゆりを棄て、鬼百合の彫り物を背負ったんですよ……」

おまさは、微笑みを浮かべた。

微笑みは凄絶な妖艶さを誇り、願いが叶った喜びに満ちていた。

花川戸の仙蔵は死んだ。

博奕打ちの寅吉は、長次に捕らえられた。

伊佐吉と亀吉が、高村と共に駆け付けて来た。

平八郎は、おまさを高村に出頭させた。

おまさは、高村に仙蔵を刺し殺した血塗《ちまみ》れの匕首を差し出した。

「おう。首尾良くお父っつあんの恨み、晴らしたようだな……」

高村は微笑んだ。

おまさは、驚いたように高村を見詰めた。

「高村さん……」

平八郎は戸惑った。

「平八郎の旦那。その昔、神田明神下の小間物屋紅梅堂文七を博奕の借金を返さねえと怒り、殺してから不忍池に投げ込んだのは、元鳥越の仙八だとはっきりしたぜ」

「まことですか……」

平八郎は眉をひそめた。

「ああ……」

高村は頷いた。

「その当時、仙八と連んでいた博奕打ちがいてな。仙八がそう云っていたのに間違いないと証言したよ」

伊佐吉が告げた。

「そうか。おまさ、良かったな……」

平八郎は、おまさの為に喜んだ。

「はい……」

おまさの眼に涙が光った。


壺振りのおまさこと紅梅堂おゆりは、情状が酌量《しやくりよう》されて死罪は免れ、江戸十里四方払の追放刑に処せられた。

おりんは喜び、平八郎と浅草田町の植木屋『植甚』に駆け付けた。だが、『植甚』の家作におまさはいなかった。

壺振りのおまさは、幼馴染みのおりんに逢う事もなく消えるように旅立っていた。

壺振りのおまさの旅は、生き別れになった母や弟を捜す道中なのか、それとも風に吹かれての流離《さすらい》なのか……。

平八郎は、おまさの背に彫られた鬼百合の花の彫り物を思い出した。

橙《だいだい》色の鬼百合の花は、白い肌に鮮やかに映えていた。

平八郎は、鬼百合の花が密かに咲き続けるのを願わずにいられなかった。

一〇〇字書評

切り取り線

岡惚れ

購買動機（新聞、雑誌名を記入するか、あるいは○をつけてください）

□（　　　　　　　　　　　　）の広告を見て
□（　　　　　　　　　　　　）の書評を見て
□ 知人のすすめで　　　　□ タイトルに惹かれて
□ カバーが良かったから　□ 内容が面白そうだから
□ 好きな作家だから　　　□ 好きな分野の本だから

・最近、最も感銘を受けた作品名をお書き下さい

・あなたのお好きな作家名をお書き下さい

・その他、ご要望がありましたらお書き下さい

住所	〒				
氏名		職業		年齢	
Eメール	※携帯には配信できません		新刊情報等のメール配信を 希望する・しない		

この本の感想を、編集部までお寄せいただけたらありがたく存じます。今後の企画の参考にさせていただきます。Eメールでも結構です。

いただいた「一〇〇字書評」は、新聞・雑誌等に紹介させていただくことがあります。その場合はお礼として特製図書カードを差し上げます。

前ページの原稿用紙に書評をお書きの上、切り取り、左記までお送り下さい。宛先の住所は不要です。

なお、ご記入いただいたお名前、ご住所等は、書評紹介の事前了解、謝礼のお届けのためだけに利用し、そのほかの目的のために利用することはありません。

〒一〇一-八七〇一
祥伝社文庫編集長 坂口芳和
電話 〇三（三二六五）二〇八〇

祥伝社ホームページの「ブックレビュー」からも、書き込めます。
http://www.shodensha.co.jp/bookreview/

祥伝社文庫

岡惚《おかぼ》れ　素浪人《すろうにん》稼業《かぎょう》

平成26年7月30日　初版第1刷発行

著　者　藤井《ふじい》邦夫《くにお》

発行者　竹内和芳

発行所　祥伝社《しょうでんしゃ》

東京都千代田区神田神保町3-3
〒101-8701
電話　03（3265）2081（販売部）
電話　03（3265）2080（編集部）
電話　03（3265）3622（業務部）
http://www.shodensha.co.jp/

印刷所　萩原印刷
製本所　関川製本
カバーフォーマットデザイン　中原達治

Printed in Japan ©2014, Kunio Fujii　ISBN978-4-396-34056-8 C0193

祥伝社文庫　今月の新刊

市川拓司　ぼくらは夜にしか会わなかった
ずっと忘れられない人がいるあなたに贈る純愛小説集。

菊地秀行　魔界都市ブルース　愁哭《しゅうこく》の章
美しき魔人・秋せつらが出会う、人の愁い、嘆き、惑い。

夢枕　獏　新・魔獣狩り11　地龍編
〈空海の秘宝〉は誰の手に？　夢枕ワールド、最終章へ突入！

南　英男　特捜指令　動機不明
悪人に容赦は無用。キャリアコンビが未解決事件に挑む！

草凪　優 他　禁本　惑《まど》わせて
目も眩む、官能の楽園。堕ちて、嵌まって、抜け出せない——

阿部牧郎　神の国に殉《じゅん》ず（上・中・下）　小説　東条英機と米内光政
対照的な生き方をした二人の軍人。彼らはなぜ戦ったのか。

辻堂　魁　遠雷　風の市兵衛
依頼人は、若き日の初恋の女性。市兵衛、交渉人になる!?

藤井邦夫　岡惚《おかぼ》れ　素浪人稼業
平八郎が恋助け？　きらりと光る、心意気。萬稼業の人助け。

坂岡　真　崖っぷちにて候《そうろう》　新・のうらく侍
「のうらく侍」シリーズ、痛快さ大増量で新章突入！